Chara

幼なじみマネジメント

栗城 偲

キャラ文庫

この作品はフィクションです。
実在の人物・団体・事件などにはいっさい関係ありません。

目次

口絵・本文イラスト／暮田マキネ

幼なじみマネジメント

周囲が女性ばかりの空間に、大江匠《おおえたくみ》はそわそわと落ち着かない。隣に座る同じ大学に通う友人が「落ち着けって」と笑った。

そんな彼もまた、先程から何度も座ったり立ったり、きょろきょろと周りを見回したりしている。彼だけではなく、会場にいる数万人が注意を向ける先は、まだ無人のステージの上だ。

もっとも、匠が落ち着かない理由は、女性に囲まれているからでもないし、友人や会場を埋め尽くす多くの女性たちとも違っていた。

「……本当によかったの？　俺がチケット譲り受けちゃって。なかなか手に入らないんだよね、ＹＤＳ《ワイディーエス》のコンサートのチケットって」

ＹＤＳとは男性ボーカルユニット名であり、同時に彼らの所属事務所の名前でもある。

ＹＤＳという名前だけであれば、老若男女問わず知っているような有名芸能事務所だ。

株式会社ＹＤＳプロダクションには稼ぎ頭でありトップアーティストのＹＤＳの他に、研究生と呼ばれるデビュー予備軍や、俳優やモデルなども所属しており、すべて男性で構成されていた。デビューの定義は「ユニットとして売り出される」ということで、研究生たちはデビュー前であっても先輩タレントたちのバックダンサーやバックコーラスを務めたり、出演舞台や主演ドラマの端役として登場したりする。彼ら個々人にもファンが付いていて、研究生だけでネット番組などを配信したりドラマに出演したりするなど、人気も高い。今日のコンサートにも大勢の研究生が参加するだろう。

男性の集団ということもありファンは圧倒的に女性が多い。チケットは毎回戦争と呼ばれるほど購入が大変なことで有名だ。近年は高額転売などが問題となり、ダフ屋からの購入だけではなく、友人間などでの譲渡や売買なども厳しくなっているという。

「いいのいいの。チケ代払ってくれたし、もうそれだけでありがたい」

本当は他に約束していた相手がいたそうなのだが、コンサートの直前に麻疹《はしか》にかかってしまったらしい。「YDSのチケットが一枚あるんだけど、一緒にコンサートに行ってくれないか！　明日なんだけど！」と迫られたのは昨日のアルバイト先での話だった。

匠はとある事情からYDSを避けていたので、一度は断った。

だが頼む一緒に行ってくれと縋《すが》られ、チケット代半額でもいいと交渉され、挙げ句土下座までされて頼み込まれて、何故《なぜ》そこまで……と思いながらも友人の必死の様子に突っぱねきれなかった——というのを言い訳にして、頷《うなず》いた。

結局半額では申し訳ないので全額きちんと負担して、コンサートに同行したのだ。

「でもYDSなら俺じゃなくても、他に喜んで行く子いっぱいいたと思うけど。あそこまでしなくても」

「女子で、だろ。同じゼミの男には断られたし、女子でも直前だと予定入ってる子多いし、それに女子と一緒はあんまいい思い出なくて……」

男で男性アイドル好きというのが割と珍しいというのもあるが、女性ファンと一度トラブルになったことがあるらしく、できれば男と行きたいという条件があったらしい。

コンサート直前ということもあってなかなか人が捕まらず、このままでは一枚無駄になると戦慄《わなな》いて、最後の望みとばかりに匠に頼み込んだのだという。

「せっかくのコンサートなのに空席作るのもファンとしては度し難い……かといってSNSで知らない人集めるのも面倒が多いし」

付き合ってくれてありがとな、と言われて苦笑する。落ち着かない様子でステージの方を見ている友人を横目に、どきどきしはじめてきた胸を押さえた。

——二年……そろそろ三年になるのかな、連絡とらなくなってから。

対面で会う、となったらやっぱり気まずさが勝って避けたかもしれない。だが、この広い会場で何万人という観客に紛れた自分があちらに見つかることはないだろう。

——春臣《はるおみ》、ちゃんとやってるのかな。元気かな。……どきどきしてきた。

一方的に見るだけなのに、久しぶりすぎて緊張してくる。

興奮気味の友人ととりとめなく喋《しゃべ》っていると、やがて照明が落とされた。同時に、そこかしこから悲鳴が上がる。

会話の途中だったにも拘《かかわ》らず、友人も立ち上がって叫び声を上げた。

ステージにぱっと光が当たり、奈落からゆっくりとメンバーが登場すると、音楽が掻《か》き消されるのではないかと思うくらいの歓声に包まれる。

——すごい。

実はYDS自体のファンとは言い難い匠だったが、それでも「国民的」と冠されるアイドルのステージは圧巻だった。なにより、国民的アイドルと言われるだけあって、CMやドラマなどで耳に馴染《なじ》んだ曲がたくさんある。それが聴けるというだけで、ディープなファン以外でも楽しめるものだ。

知らない曲であっても、よく作り込まれた舞台演出で、十分見ごたえがあった。周囲の熱気には負けるものの、匠も気分が高揚してくる。

花道に近いこの席は、メンバーが近くまで来ると、顔が肉眼でもきちんと視認できるくらいだ。ディープなファンでなくとも有名人が近いところにいるというだけで興奮した。

そんな彼らの後ろで、何人もの研究生たちが踊ったりアクロバティックな技を見せたりと、舞台に華を添えている。

——あ、暗くなった。

照明が落ち、先程までのアップテンポな曲とは打って変わったバラード曲が流れ始める。

メンバーのソロ曲のようで、匠には馴染みのない曲だ。一人を残して他のメンバーが舞台からはけると、バックで踊っていた研究生の数も減る。

──あ……！

舞台上に残った研究生は、長身の六人だ。そのうちの一人に見覚えがあり、匠は思わず身を乗り出す。

──……春臣？

後ろのほうのポジションで踊る人物は、数年ぶりに見る幼馴染みのような気がする。目を凝らしてその顔を見つめ、やっと春臣だと確信を得た。

瞬時に断定できなかったのは、その様子が春臣らしくなかったからだ。

──なんで、あんな……。

明らかに、手を抜いている。

──いや、手を抜いてるとか、そういうんじゃないな……。なんていうか、そう、魂が入ってないっていうか……。

先輩のバックで踊るというのは、誰にでもできるポジションではないのではないだろうか。たくさんの中の六人に選ばれたはずの春臣は、心ここにあらず、というふうだった。

最後に彼を見たときは、もっと楽しそうにしていた。一生懸命だった。

だから、自分は。

呆然《ぼうぜん》としている間に曲が終わり、舞台上から人がはけていく。ちょうど休憩に入るタイミングだったようで、会場の照明がつきはじめた。

「匠？　座れば？」

「あ……うん」

　はっとして、席に腰を下ろす。盛り上がっている周囲とは全く真逆のテンションの匠を怪訝《けげん》に思ったのか、友人が「どうした？」と声をかけてきた。

「あの、春臣が……」

「へ？　春臣？　って、研究生の西尾《にしお》春臣？　ＹＤＳ詳しくないとか言ってたのに随分マニアックなとこ行くなあ、ファンなの？」

　友人の口から春臣のフルネームを聞いて、どきりとする。

「ファンっていうか、その」

「春臣ってクールキャラだから全然笑ったりとかしないし、本人がどんなやつかもイマイチよくわかんないけど、ダンスはうまいよなぁ」

「クールキャラ……？」

　クールというより、あれはただ無気力なだけだ。なにより、自分の知っている春臣と「クール」のイメージが結びつかない。

　困惑する匠をよそに、友人は興奮ぎみに「それより前半のステージのさぁ！」と語り始める。それに相槌《あいづち》をうちながらも、頭は別のことでいっぱいだった。

　――どうしたんだよ、お前。

友人の語りを聞いていたら、間もなく照明が落ち、周囲が立ち上がって叫び始める。

再びステージに戻ってきたメンバーの後ろに、また春臣の姿を見た。

握る拳に力が入る。声を張り上げたところで、大音量の楽曲と女性たちの黄色い声に掻き消されて聞こえはしないだろうけれど、どうして、と呟《つぶや》いた。

ポテンシャルが高いので、そつなくこなしているとは思う。

けれど、昔、匠の前で笑顔で踊っていた春臣とは違う。「本当は役者がやりたいのに」とぶーぶー文句を言いながらも、楽しげにしていた彼はそこにはいなかった。

いつも匠の前で、生き生きと歌ったり踊ったりしていた春臣が重ならず、愕然《がくぜん》とする。数年の間――自分が見ていない間に、なにがあったのか。

――……なんで？　なにがあったんだよ、春臣。

心の中で呼びかけても、当然彼には届かない。

――お前のよさ、全然出てないじゃん！　なんでだよ！

どうでもよさそうに、つまらなそうに、機械的に手足を動かしているようにしか見えない春臣に、匠は呆然と立ち尽くした。

「春臣、早くしてください！　だらだら歩かない！」

テレビ局の廊下を歩きながら振り返る。匠の担当タレントの一人であり、幼馴染みである西尾春臣は数メートルあとをゆっくりと歩いてやってきた。

足が長く姿勢がいいせいか、本人はだらだらと歩いているはずなのに、まるでモデルのウォーキングのように見えて一瞬見とれてしまう。

胸のうちに浮かんだ「今日もかっこいい」という感想を振り払い、頑張って窘《たしな》める表情を作って「春臣！」と叱った。

「今からプロデューサーにご挨拶にうかがうんですから、しゃきっとしてください」

「……はいはい」

「なんでそんなに眠そうにしてるんですか」

「仕事もないくせにって？」

嫌味でもなく、揶揄《からか》うように言う春臣に、匠は小さく息を吐く。

「そうじゃなくて、今日は見学予定もあったし、午前中からやることがあるから早く寝てくださいねって言ったでしょう」

夜ふかししないでください、と言い添えれば、春臣は首を傾《かし》げて笑った。ああかっこいい、とときめきそうになる胸を、苦々しい表情で抑え込む。

「ほら、早く」

内心勇気を振り絞って春臣の手を摑《つか》み、早足で歩き出す。引きずるようになるかと思ったが、もともと足の長さが違うせいか、春臣は悠々と隣に並んだ。

「昨日の夜は龍《りゅう》くんの本読みに付き合ってたんだよ。ビデオ通話で」

「そうなんですか？」

春臣の先輩である戸塚《とつか》龍は匠たちより四歳年上の二十八歳で、国民的アイドルグループのYDSのメンバーの一人だ。最近主演ドラマが好調で、その台本の読み合わせ相手にされていたらしい。

「俺も明日用事があるって言ったんだけど、いいから付き合えって。俺とだとやりやすいんだってさ」

「へー……」

あちらは単に可愛《かわい》がっている後輩を練習に付き合わせただけなのだろうが、春臣にとっても本物のドラマの台本に触れる機会ができ、間接的に演技練習にもなる状況はありがたい。

ただ仲がいいから練習相手に選んだというよりも、春臣が器用にこなしてやりやすいという側面もあるに違いなかった。

春臣がトップアイドルにも認められている、という事実に頬が緩みそうになる。

「それはありがたいですね」

匠の返しに、春臣がどうしてか不満げな顔をした。いつもクールな表情を作っていることの多い春臣の拗《す》ねたような表情に、「なに?」と問う。

「俺が夜ふかししたら怒るのに、龍くんの付き合いならいいんだ?」

「別にそういうわけじゃないですよ。糧になることはなんでもありがたいというか」

ふーんだ、と拗ねた口調のままの春臣は横を向く。

「プロデューサーさんに会うんだから、その顔やめてくださいね」

編成の時期が近づいて来ているので、今日は春臣を伴っての挨拶回りだ。売り込むのにはいい顔でいてほしい。

「マネージャー、冷たいよ」

はいはいそうですねと流して、プロデューサーのもとへと急ぐ。ドアの前でもう一度「顔作ってくださいね」と言ってから、ドアノブを回した。

まずは一人目、と匠も営業用の顔を作る。

「失礼します、YDSプロダクションの大江です」

挨拶をしながら入ると、恰幅《かっぷく》のいいプロデューサーがちらりとこちらを一瞥《いちべつ》した。

「お時間頂き、ありが……」

「あーはいはい、YDSさんね。はいはい」

匠の挨拶を遮って、彼はひらひらと手を振る。

「龍くんのドラマ、まあまあの視聴率だね。次もよろしく頼むよー」

「ありがとうございます。それで、今日はこちらの、西尾のオーディションのお話を」

「あぁ、駄目駄目。おたくんとこそういうの駄目でしょ」

まだなにも伝えられないうちに、話を切られる。

株式会社ＹＤＳプロダクションは、芸能事務所として大きなせいもあるのだが、少々特殊なタレントの売り方をする。

ドラマは絶対に主役、もしくは主役クラス。脇役に起用されることがあっても、ゲスト扱いを除けば主役に同じ事務所のタレントが据えられている作品が多い。だから、もし演技の経験を積もうということになると、「先輩が主役を務めるドラマの脇役」を重ねていくしかなかった。

――俺は、もっと春臣に仕事を楽しんでほしいし、経験積んでほしいし……なにより、春臣をもっとテレビで見たい。

だが事務所のそういった方針故に、タレントがオーディションを受けることは海外作品を除けばほぼない。「うちの誰々を主役にできる作品はありませんか」もしくは「うちの誰々がこの作品をやりたいと言っているんですが」と営業するか、製作者サイドが「この作品を映像化するので、誰々さんを主役にいかがですか」もしくは「主役にしたいタレントさんはいますか」というオファーを受けるかだ。

　故に、匠のように役の大きさに拘らずに営業することは、事務所の方針と異なると咎《とが》められる要因になる。秩序を乱すな、と叱責されたことも多い。

「そちらのほうは、大丈夫です。弊社社長からも許可はとって……」

「あー、まあ、どっちにしろ無理だなあ」

　プロデューサーは笑顔を湛《たた》えたままよいしょと立ち上がり、テーブルの上にあった煙草《たばこ》をシャツの胸ポケットに入れた。それから匠の肩を、次いで春臣の肩も叩《たた》いて「ま、売れてから来てよ。はいごくろーさま」と言って去っていく。

　ドアの閉まる音とともに、春臣が溜息《ためいき》を吐《つ》いた。

「……売れてたら頼まれなくても使うし、売れてないならYDSタレントなんかわざわざ使う必要もない、って感じ？」

　無感動に呟かれた言葉に一瞬詰まる。だが、めげるのは自分の役割ではないので、無理やり笑顔を作って振り返った。

「よし次！　もうひとりアポ取ってるから！」

　おー！　と拳を振り上げると、春臣も苦笑しつつ「おー」と軽く拳を握ってくれる。折れそうになる心を鼓舞しつつ、くるりと踵《きびす》を返した。

　別のフロアに移動し、プロデューサーの待っている部屋のドアを叩く。

「失礼します、ＹＤＳプロダクションの大江です」

にこやかに挨拶をすると、長机で書類を捲《めく》っていたプロデューサーの小関《こぜき》がこちらへ顔を向けた。小関は四十代後半に差し掛かった男性で、このテレビ局のドラマ班のチーフプロデューサーだ。

「今日はお時間頂きありがとうございます」

かたわらの春臣の腰をぽんと叩く。春臣も「ＹＤＳプロの西尾です」と頭を下げた。先程は春臣が自己紹介する暇もなかった。

ああ、と小関は頷く。

小関は以前、先輩タレントの主演ドラマの脇役で春臣が出させてもらったときの担当プロデューサーであり、そのときにカメラテストをしながら「やっぱり西尾、いいなぁ」と評してくれた人だ。匠はそれを聞き逃さなかった。

「ちょい役でも、なんでもいいので、是非うちの西尾にオーディションのチャンスを、よろしくお願いします」

もちろん、キャスティングを考える時期に来ているのを狙って顔を出しているというのはわかっているのだろう、小関は頬杖《ほおづえ》をつき、苦笑した。

「……変わってるよねえ、大江くん」

「そうでしょうか？」

そらそーよ、と小関が肩を竦《すく》める。

「普通ね、おたくんとこの事務所にそんな話持っていったら『出直してきてください』って言われるよ」

「ああ、えっと……そうですね、言いそうです」

YDSプロダクションといったら主役しかしないといまや一般人にまで知られていて、そもそも業界的に「ちょい役でも」などというオファーをしてくる媒体がないのだ。

「それをわざわざ普通の事務所みたいに営業しに来るなんて変わってる以外の何物でもないでしょ」

「お仕事は、できる限りなんでも頂きたいと思ってますから」

「いや、確かにね……俺はいいと思ったよ、西尾くんの演技。最初に見たときから」

そうでしょう⁉　と前のめりになりかかったがぐっと堪《こら》えて「ありがとうございます」と言うに留める。

「YDSプロらしい華がある。画面がぱっと明るくなるよね。でも一番刺さるのは演技力かなぁ。どこかで勉強したの？」

「……いえ。でも、YDSの舞台に出たことは何度か」

春臣の答えに、小関は意外そうな顔をする。

「ふうん？　そうなんだ……じゃあ天性のって感じなのかな。へえ……」

そう言って、小関は再び考えこむような仕草をした。彼の手元にあるのは、次季のドラマの企画書だろう。

「君らの事務所さ、さっきも言ったけどちょい役なんかでタレント寄越してくれないじゃない？　この営業って独断？　本当に春臣くん使ったら睨《にら》まれるよね。それはこっちとしてもあんまりうまくないいんだわ」

テレビ離れや映画離れが進むなか、ＹＤＳプロダクションのタレントは大きな集客力の見込める材料だ。出演拒否をされたからといってテレビ局が赤字になるということはないけれど、簡単に数字を取る材料がなくなるのは痛いだろう。

「それは、大丈夫です。社長には営業の許可を取ってますから」

匠の返答に、小関は右目を眇《すが》める。

「それ本当？　同じ事務所の社員からは大江くんは『事務所の方針に逆らってる』って話聞いたけど」

「それは」

同じ事務所で、タレントを支えるべき社員が何故そんな足を引っ張るようなことを言うのか、と匠は歯嚙《はが》みした。なにか言わねばと内心焦るが、言い訳がましくない言葉を探すのに手間取る。答えあぐねていると、意外なところから言葉が返った。

「――社長の許可を取っているのは本当です。ただ、事務所の総意ではないかもしれませんが」

　春臣の答えに、小関が「ふむ」と頷く。

「なるほどね。派閥……というほどでもないが、そういうのがあるのかな。……これ、どっちの派閥が多いの？」

　答えようもなく黙り込む。小関はひらひらと手を扇《あお》いだ。

「冗談だよ。睨まれるのは痛いけど、西尾くんのことは面白い役者だと思ってるし、それに……大江くんが頑張ってるからなぁ。考えてはみるよ」

「本当ですか⁉」

「うん。……実を言うと、結構前向きに考えてはいる」

　先行きのいい言葉が引き出せて、匠は今度こそ前のめりになる。

「ありがとうございます……！　ほら、西尾も！」

「よろしくおねがいします」

　促されるより幾分早く、春臣も深く頭を下げる。はいよ、と応じながらも、小関はじいっと春臣の顔を見つめた。

「なーんか、この間演技見たときも思ったけど……マネージャー替わって何年だっけ？」

「三年目です。丸二年たったので」

　匠は大学を卒業してからＹＤＳプロダクションに就職し、今年で三年目になる。春臣をコンサートで見てから、四年が経《た》った。まさか自分がマネージャーになるなんて、あの日まで思いもしなかったが。

「噂《うわさ》には聞いてたけどマネージャー替わってから、変わったんじゃない？　西尾くん」

「俺、この人に報いたいと思ってるんで」

さらりと迷いなくそんな答えを口にして、春臣が匠を指差す。そしてそんなことを言われるのも初めてで、驚いてしまった。真っ赤になった匠と、しれっとした顔をして立つ春臣を見比べて、くす、と小関が笑う。

「西尾くんのクールなところはキャラとしていいんだけど、仕事に対しての熱を見せてくれたらもっと刺さる人は多いんじゃないのかなーって思ってたんだよね。クールなのは崩れてないけど……やっぱ変わったわ」

「そうですか？」

「生気が戻ったよね。いや、生気が生まれた？　宿った？」

ひとり納得している小関に、どんな顔をして立っていたらいいのかもわからず、黙り込むしかない。春臣は曖昧に首を傾げていた。

「……まあ、前向きに検討してみます。オーディションの詳細は、大江くんに直接送るから確認しておいて」

小関の言葉に、匠と春臣は「ありがとうございます！」と頭を下げる。

お時間ありがとうございましたと二人揃《そろ》って再び深く礼をして、退室した。

「結構いい感触でしたね！　よかった！」

次こそ役をもらえるんじゃないか、と期待が膨らむ一方だ。出演さえできれば、そして春臣がやる気を出してくれさえすれば、仕事はやってくると匠は心の底から信じている。

「あんまり期待してたら、やっぱり駄目だったときショックじゃない？」

「そんなことない！　そしたら次はもっと頑張ればいいだけですから！」

宝くじだって、外れるかもと思っているより当たったらなにに使おうと考えるほうが楽しい。そう言うと、春臣は小さく嘆息した。

「今日、あとは？」

「あ、今日はもう春臣はお休みですね。俺は社に戻って色々することが……」

歩きながらそんな会話をしつつ、テレビ局の外へ出る。

ちょうど情報番組の観覧が終わったらしく、一般の観覧客がぞろぞろと外へ出始めたところだった。

番組観覧に選ばれるのは時折カップルで当選した男性が交じる程度で、ほとんどが若い女性たちだ。彼女たちは楽しげにきゃっきゃと声を上げながら駅へ向かっていた。

大きな声ではしゃいでいるせいか、なんの番組を見ていたのかもわかってしまう。どうやら、ＹＤＳプロダクションの所属タレントが司会を務めているバラエティ番組に参加していたらし

い。

とにかくかっこよかった、可愛かった、などと楽しげだ。

――相変わらずすごい人気だな。

YDSタレントが出演している観覧番組は、倍率もとてつもない。時折春臣を連れて見学することもあるが、熱気が違う。

はしゃいでいた女の子グループの一人が、よろけて春臣にぶつかった。

「あ、ごめんなさー……西尾くん⁉」

接触した女子が春臣の顔を見てひえっと息を呑《の》む。春臣は表情も変えず、軽く会釈した。

小声で叫ぶ、という器用な真似《まね》をした彼女に、周囲の目がこちらに向けられる。

「えっ、あれ研究生の西尾春臣じゃね？」

西尾くんだ、ほんとだ、とあちこちから声が上がった。

それから「じゃあ横のスーツの人がマネージャーの匠くん？」という声も聞こえ始める。

先日、龍のラジオにゲスト出演した際に、春臣がやたら「マネージャー大好きタレント」という立ち位置で色々発言をし、龍が面白がって便乗したせいでSNSのトレンドに匠の名前が入ってしまったほどだった。

春臣はめちゃくちゃ明るいキャラというわけでもないし、喋り方は割と落ち着いている。その春臣が「うちの匠がね」と楽しげに喋るもので、印象に残ったらしい。

——正直、春臣が楽しそうだったから悪い気はしなかったし、春臣のキャラ付けにもなったからまあいっかとか思っちゃったんだよね……。

なによりも、春臣が楽しく仕事してくれているだけで嬉《うれ》しい。先程小関も言っていたが、以前までは覇気がない様子だったというのだから。

匠も彼女たちに軽く頭を下げ、春臣と並んで足早に駅へと向かう。あとを追いかけてくる子たちがいなくてほっとする半面、少し残念な気持ちもあった。

——さすがにYDSファンの子たちにはある程度認知されてるけど、やっぱ売れっ子さんには及ばないよなぁ……。

ちらりと後ろを振り返る。彼女たちはもう春臣たちのほうには意識を向けておらず、観覧の感想を言い合っていた。

追いかけられたり付きまとわれたりされるのは迷惑行為ではあるのだが、誰一人いないというのも勝手な話だが寂しく感じる。

——もっと頑張って春臣の顔を売らないと……春臣の良さは俺がわかってるけど、皆にも知ってほしいー！

ぐぬぬ、と悔しさを嚙み締めながら、駅に到着し、電車を待つ。移動も、売れっ子になればマネージャーが常に車で送迎ということができるのだが、現在はよほど遠方への用事がない限りは公共交通機関での移動が義務づけられている。

先日、売れっ子タレントの送迎に行ってくれと言われたときも非常に悔しかった。「お前のタレント仕事ないからお前も暇だろ」と先輩社員に言われたからだ。

確かに、春臣の他にも数人のタレントを受け持っているが、みんな殆《ほとん》ど仕事らしい仕事はない。

——見てろ、俺が春臣たちを売って忙しくなってやる……。

めらめらと野心を燃やしていたら、春臣に腕を引かれた。

「匠、電車来たよ」

「あ、ご、ごめん」

既にホームについていた電車に慌てて乗り込み、春臣と隣り合ってつり革につかまる。昼過ぎの電車内は空《す》いていた。

ふと視線を感じて目をやると、車両の端のほうに立っていた大学生くらいの女性二人が、ちらちらと春臣を見ている。もしかして春臣を知っているのだろうか、とどきどきしていたら、彼女たちは春臣を指して「あの人めっちゃイケメンじゃない？」と会話をしていた。

イケメン、と春臣が褒められるのは嬉しいけれど、「ＹＤＳプロの西尾春臣」だと知っているわけではなさそうで落胆する。

——一般認知度はまだまだかぁ……。

くそ、と歯噛みする。

――やっぱりドラマか映画が顔を売るのには一番なんだよな、今。ほしいなぁ、レギュラー役……。

一昔前であれば、歌番組で顔を売るのが王道だったが、今は歌番組自体がほぼない。バラエティ番組もアイドル枠は売れっ子で埋まってしまうし、かといって深夜帯では爆発的に売るのは難しい。動画配信サイトは、新規ファンの取り込みには今のところ効果があがっていない。他の道も考えてはいるが、いまいちこれといったものがないのが現状だ。

「匠、どうしたの」

もんもんと考え込んでいたら、つり革につかまったまま、春臣は高い身長を屈めるようにして匠の顔を覗《のぞ》き込んでくる。

――かっこいい。――じゃなくて。

「春臣は、マスクとか眼鏡とかしないんですか」

そんな問いかけに、春臣は「はぁ？」と顔を顰《しか》めた。そして大きく嘆息する。

「……あのさ、俺程度がしてどうすんの、それ」

「でもさっき」

あれはＹＤＳファンだから知ってただけでしょ、と一蹴される。

「知名度低いのにそんなことしたら逆に恥ずかしいって」

そうかもしれないけれど、不意に撮られたりしたものがいつどのように使われるのかわからないのだから、用心にこしたことはないと匠は思う。けれど春臣は「嫌だ」とはっきり断った。

「そんなことより、匠」

ずいっと顔が近づいてきて、思わず声を上げそうになる。わずかに身を引いて「なんですか」と返した。

「その喋り方、なんなの。やめてよ」

「喋り方？」

「なんで俺に丁寧語使うの？　普通に喋ってよ」

入社した当時は気安さもあって丁寧語抜きで喋っていたのだが、半年ほど前――ちょうど春臣がドラマに端役で出演した頃に先輩社員たちに「けじめがなってない」「タレントに必要以上に近づくのは良くない」と叱責された。

匠の担当タレントはほぼ同い年だったが中には年上の者もいて、確かにと納得する部分があったので、それ以降匠は所属タレントと話すときはいつも丁寧語で喋るようにしている。春臣は気に食わなかったらしい。

名前の呼び方も当初は「西尾さん」としていたのだが「やめて」と言われて直した。

「仕事中だから、それは」

「今度丁寧語使ったら返事しない」

「また子供みたいなこと言って……！」

「しないったらしない。俺の知ってる匠じゃない感じするもん」

ぷい、と拗ねたように横を向いてしまった春臣に、慌てて「わかったわかった！」と訂正する。

先輩にお小言をくらうことより、春臣の機嫌のほうが大事だ。

「わかったってば。……いいよ」

匠の返答に満足いったのか、春臣はにこっと笑った。普段は仏頂面のくせに、二人きりになると途端に幼馴染みの頃に戻るのか、蕩《とろ》けるような笑顔を浮かべる。女の子たちにニコリともしなかったのに、そういう顔をするとまるで子供のようだ。

普段無表情で立っていると少々冷たい雰囲気すらあるクールな印象なのだが、時折見せるそういうところが、匠にとってはぐっとくる。再会して既に三年が経過した今もなお、ぐっとくる。

子供の頃よりもずっと格好よくなったにもかかわらず、まだ匠の知っている春臣の片鱗《へんりん》が見られるからかもしれない。

――いや、ギャップ萌《も》えというやつか……。これ世の女子にも受けるかな、どうかな。

売り出す戦略のひとつに加えるべきかと思案していたら、春臣にこづかれる。

「また俺を置いて考え事してる」

「あ、ごめん」

再び拗ねた顔をしてみせる春臣に、胸がきゅんとする。それをもう少し人前で見せてくれれば、とも思うが、胸の奥に湧いてくる優越感はごまかせない。

事務所の最寄駅に到着したので電車を降りる。

所属タレントが寮として使用しているマンションは、事務所のビルから徒歩数分のところにあるのだ。

春臣は匠のスーツの袖をちょこんとつまんで、軽く引っ張った。

「匠、俺の部屋寄ってってよ」

子犬のような瞳で見つめられ、言葉に詰まる。頷きそうになるのをなんとか堪えた。

「……あのな、俺はまだ仕事なの。事務所に戻ってやることがあんの」

「じゃあ俺も事務所行こっと」

事務所のオフィスビルにはダンスレッスンや歌唱レッスンを行えるレッスン場があるので、仕事のないものや研究生などはよくそこで練習をしている。

それはいいね、と微笑《ほほえ》むと、春臣は何故か溜息を吐いた。

「……なあ、春臣」

「ん?」

まだ売り出されてすらいないタレントや研究生には、熱量や表現の仕方に差異はあるものの、「いつか俺もあんなふうに」という気概がある。

だが、春臣はそういうことに関してまったく興味がなさそうなのだ。

「さっきの……先輩たちの人気とか見てて、羨ましいとか悔しいとか、そういうのってないの？」

問いに春臣は首を傾げ「ない」と即答した。やきもきしているのは自分ばかりで、当の本人はまったく意に介していない。

「ファンの反応とか人気とかはあんまり興味ない。それより、俺は匠といられるかどうかのほうが重要だから」

「っ、あのなぁ」

「だって本当のことだし。どんな小さな役でも、バックダンサーの端っこになろうと、匠が見ててくれれば俺はそれでいい」

「でもそれだけじゃ……」

「それだけでも、匠に会えたから俺は十分。——じゃあね、お仕事頑張って」

わかっているのかいないのか、春臣の言葉は匠の心を揺さぶる。先に事務所のビルの中へ走っていってしまった春臣を見送り、嘆息する。

——十分じゃないよ、全然。

春臣たち研究生に「仕事」の依頼は多くない。今日も午前中は事務所の先輩の仕事を見学しにきていたのだ。

——先輩方の仕事ぶりを見せて火を点《つ》ける作戦駄目だったかー……でも、やる気を出すのだって、先立つものがない状態で出せって言ったって無理があるよなぁ。

完全に匠の戦略ミスだ。

それにしてもつい数年前まで、自分が芸能事務所でマネージャー業をやるだなんて——しかも幼馴染みの担当になるだなんて想像もしていなかったと苦笑する。住む世界が違うし、交わることもないと思っていたはずなのに、今は縁あってこうして関わっているのだから不思議なものだ。

誰にも言ったことはないけれど、また一緒にいられるようになって、とても幸せだった。

春臣のことを推していきたいのも本当だし、もっと合法的に一緒にいられる時間をつくっていきたい。

——なにより春臣はこんなところで終わる男じゃない。身贔屓《みびいき》じゃなくて、もっと評価されるべきだと思う。

春臣の実力はこんなもんじゃないんだ、と世に訴えるには、外向きの仕事を増やしかつ春臣自身にこなしてもらわなければ話にならない。

——一番のファンを自称するんだから、身を粉にして働かないとな。

事務所に戻って早速次の手を考えねば、と気合いを入れ直し、春臣は事務所のビルの中へと足を踏み入れた。

匠と春臣の初めての出会いは、二十年ほど前に遡《さかのぼ》る。

家が近所で、保育園に通っていた頃からの幼馴染みだった。成長してからもその仲の良さは変わらず、互いに互いを親友と呼ぶほどだったのだ。

匠の母は夫と死別したシングルマザーで、女手ひとつで匠を育ててくれた。保育園のお迎えが遅くなってしまうのもそのせいで、家に仕事を持ち帰ることもしばしばあったように思う。一方の春臣は、両親ともに正規雇用の共働きで、やはり迎えの時間は遅めだった。

二人とも遅くまで教室に残っていたこともあり、自然と仲良くなったのだ。匠は春臣と一緒にいるのが楽しかったたし、春臣もまた同じ気持ちでいてくれたのだと思う。

春臣は、その頃から群を抜いて愛らしい容姿をしていた。色素の薄いくりっとした大きな瞳に、真っ白な肌、桜色の唇はぽてっとしていて、まるでお人形さんのようだと大人からよく褒められていたものだ。周囲が幾度も「子役とかモデルさんにならないの？」と彼の母親に言っていたのを覚えている。ただ彼の両親は、あまり芸能関係に——春臣本人にさえ興味がなかったようだ。

一方の匠は、黒目がちの地味な顔でお世辞にも優れた容姿とは言えない。一緒にいれば必然的に比較されることも多かった。

けれどそれを引け目に思うよりも、「わかる、春臣は可愛い」という賛同の気持ちのほうが強かったし、そんな春臣がなにをおいても匠を優先してくれるのが嬉しかった。

匠の目から見て、春臣はクラスの誰よりも可愛く見えていた。だから春臣がいじめられたときは、自分が盾になるくらいのつもりで、彼を守っていたのだ。

——はるちゃん、すき。

そんな言葉に春臣は必ず「ぼくもすき」と答えてくれたので、馬鹿みたいに好きだ好きだと連呼していた覚えがある。

——はるちゃんのことは、おれがぜったいまもってあげる。

今にして思えば、匠はその頃から春臣のことを友達以上に見ていたのかもしれない。

春臣の両親は帰宅時間が遅いことが多く、春臣はよく一人で留守番をしていた。

子供の頃は単に仕事で忙しいのだなあと思っていたけれど、家に帰ってこないことも頻繁にあったようだ。彼らは、春臣が長じてからも息子に対してあまり興味を示さなかった。

匠の母はそれを心配し、匠と一緒に食事をさせたり、おうちに誰もいないなら泊まっていきなさい、と声をかけたり、面倒を見ていたものだ。

幼い頃は単純に「春臣といっぱい一緒にいられる」と喜んでいたけれど、あまりよいことではなかったのだと今は思う。匠の母もあまり早く帰ってこられるわけではないし、子供が夜まで二人きりになってしまうのだから心労も多かったことだろう。

親のそんな気苦労も知らず、当の子供二人はのんきに仲良く過ごしていた。

毎日毎日二人きりで留守番をしていると、やがて暇を持て余し始める。

お母さん遅いな、と寂しがると、春臣は決まって匠の機嫌を取ってくれた。匠が気に入っていたのは春臣の一人芝居だ。

――たくみ、見て見て。

――すごい、はるちゃん上手！

匠の大好きなアニメの科白《せりふ》をどんな長口上であっても覚えて、すらすらと口に出してみせた。もはや本家のアニメやドラマなどよりも春臣の演技を見ることのほうが好きになったほどだ。

春臣は勘がいいのだろう、科白だけでなくポーズなどもそっくりに覚える。ダンスなどは、少し練習したらコピーできてしまうほどだった。

すごいすごい、と匠が喜ぶもので、春臣も楽しげに応じてくれる。

はるちゃんのほうがこの子より上手だもん、とテレビに出ている子役に文句をつけたことも一度や二度ではなかった。

――はるちゃんのほうがぜったいいいのに。はるちゃんはテレビでないの？

――たくみは、俺にテレビにでてほしいの？

うん！　と迷いなく頷いた。テレビに春臣が映ったら、と想像するだけで心が躍るような気持ちになった。きっと皆が春臣に目を奪われるだろうと、本気で思っていた。

——たくみがよろこぶなら、やろうかな？　でもどうやってテレビってでられるんだろ？

——どうやるんだろ……？

はて？　と二人で首を傾げあった。後々、母に質問してみたら、レッスン料などもかかるし、写真を撮って応募しないといけないみたいだという話を聞いて「なんか難しそうだから無理だね」と、その話は頓挫した。

それでも、その後もドラマを見る度に「はるちゃんのほうが可愛い」「はるちゃんのほうがかっこいい」「はるちゃんのほうが上手」というのは匠の口癖のようなものになった。

そのうち春臣はアニメやドラマだけでなく、先生や友達の物真似などもするようになり、いつしかそれが他の友人たちの知るところになって、人の輪の中心にいるようになっていった。

「自分だけの春臣」が「みんなの春臣」になってしまった気がして寂しかったが、それでも春臣が皆に好かれているという事実が匠には自分のことのように誇らしく嬉しかった。

春臣の「物真似」は憑依《ひょうい》芸のようでとても上手《うま》い。クラス替えの度にアイドルや先生の物真似をしたりすることで、クラスに溶け込んでいた。美形だから余計に受けがいいというのもあるのかもしれない。

——匠。俺、匠が一番だよ。

不安になったつもりはなかったが、ある日そんなふうに言ってくれたのが嬉しかった。

——俺も春臣が一番大事。

応じるようにそんな言葉を口にしながら、その頃から言いようのないもやもやが胸の中に滞留するようになった。

嘘《うそ》をついているような、妙な感覚だ。本心なのに、「好きだよ」「大事だよ」と言う度に、心に重石《おもし》のようなものがのしかかる。

自分の気持ちを怪訝《けげん》に思いながら成長し、高校一年生になった。

そんな折、匠の母の誕生日プレゼントを買いにいった原宿《はらじゅく》で、春臣は今の事務所――ＹＤＳプロダクションにスカウトされた。

――君、芸能界とか興味ない？

スーツ姿の男性に声をかけられて、春臣はきょとんとしていた。匠は、実際に今どきこんなことあるんだ、と驚いていたし、内心「さすが春臣！」と自分のことでもないのに自慢げになっていた。

春臣は渡された名刺をじいっと見て、それから特にはしゃぎもせずに「親に聞いてからでいいですか」と答える。男性は「もちろん。話を通しておくから、代表電話に電話してもらえればこちらから折り返します」と言って去っていった。

春臣は、名刺を見ながら思案していた。どうするの、と訊《き》こうとしたら、それよりも先に春臣から「匠はどう思う？」と問われた。

――え？　俺？　俺は……。

小さな頃から散々「俳優さんになればいいのに」と言ってきたくせに、いざスカウトされているのを目の当たりにすると、「すごい！　嬉しい！　さすが春臣！」と興奮する気持ちがある一方で、なんだか春臣が遠くに行ってしまうような、不安や寂しさも湧いてくる。

自分勝手で恥ずかしくなり、勢いよく賛成してしまった。

——えっと、……いいんじゃない？　ＹＤＳなんてすごいよ！　スカウトマンさん、春臣に目をつけるなんて、見る目あるよ。

努めて明るく返せば、春臣は苦笑する。

——でも、ここってアイドル事務所だよね？　歌って踊るのはちょっとなぁ……演技とかならいいのに。俺別に歌手とかアイドルになりたいわけじゃないし。

——あ、でもほら。

ちょうど目に入った、書店の前に貼ってある映画のポスターを指差す。

——あの真ん中の主役の人とか、ＹＤＳの人だよ。

——へー……そうなんだ。

——ドラマとかもいっぱい出てるよ、ＹＤＳの人。

——ふーん……なら、いいかな。

前向きなことを口にした春臣に、突如不安に襲われる。無意識に春臣の袖を摑むと、彼はきょとんと目を丸くした。

——どしたの？

——あ、えと……春臣のファン第一号は俺だからね！

咄嗟《とっさ》に言い訳が思いつかず、そんな宣言をすると、春臣が噴き出した。

——なにそれ！　……言われなくても、匠が一番だよ。

ファンの、という意味なのに、なんだか別の意味を持って聞こえて、赤面する。

——じゃあ、頑張ろうっと。匠も応援してくれるなら、頑張れると思う、俺。

——なにそれ。俺が応援しなくても頑張ってよ。

——頑張るけど、もっと頑張れるってこと。……だから、応援して？

こてんと首を傾げて春臣に見つめられて、匠がノーと言えるはずがない。間髪を容《い》れずに「応援するに決まってるじゃん！」と手を握った。

それからまもなく、春臣は本当にＹＤＳプロダクションの正式所属となった。

ただどちらにとっても予想外だったのは、レッスンの多さだ。

テレビに出ることはまったくないが、毎日、学校が終わったらすぐにＹＤＳプロダクションの本社ビルにあるレッスン場へ行き、ダンスと歌の練習が課せられた。学校以外では春臣とはほとんど会えない。けれど「応援する」と約束した手前寂しいとは言えず、「全然演技の練習なんてしない……」と不満げな春臣に「そのうちできるよ！」と根拠のない激励を送ることしかできなかった。

——できないよ。……うちの事務所、人気が出ないとドラマに出られないんだって。

どういうこと？　と首を傾げる。

——入るまで俺も知らなかったんだけど、うちの事務所って、主役級以外のオファーは受けないんだって。脇役で出ることもあるけど、それは主役が同じ事務所の人のときだけなんだってさ。

——なにそれ⁉

言われてみれば確かに「主演ドラマ」と銘打ったものが多いとは思っていたが、脇役としての出演がないとは思ってもみなかった。

——え、じゃあ演技力とかじゃなくって、歌って踊れて人気が出たら演技するの？

——語弊はあるけど、そういうことみたい。

本人が違和を感じているのであれば、無理に続けろとは言えない。

自分が勧めた手前もあって、申し訳ない気持ちになった。なんとか打開策はないかと考え、はっと思いつく。

——じゃあ、人気者になればいいんじゃない⁉　そしたらドラマとかも出られるよね！

匠自身はそのとき名案だと思って言ったものすごく能天気かつしょうもない科白に、春臣は苦笑した。

——いや、それができれば皆そうなってるよ……。

――でも春臣だもん！　絶対人気者になるよ！　ファン一号の俺が保証する！

――……匠がそう言ってくれるなら、うん、もうちょっと頑張る。

ただ、本人のやる気とは裏腹に、持ち前の運動神経のよさと「憑依芸」の達者さで、先輩のダンスがトレースできるというのは大きな強みだったようだ。先輩グループのバックダンサーを務める機会が増え、雑誌や、時折テレビの端っこにも映るようになった。それにともなって、少しずつファンもできてきたとも聞く。

その頃からだろうか、「匠がマネージャーになってくれたらいいのに」とか「匠がマネージャーじゃないとやる気がしない」なんていうことを春臣はよく口にした。できるわけないだろ、と言いながらも、精神的に頼られているのかなと思えて嬉しかったのも事実だ。

レッスンで帰りが遅くなるようになってからは、前のように頻繁に匠の家に泊まることはない。だから、学校にいるときの春臣は匠にべったりで、自分が彼の特別だと思えて嬉しかった。

そして事務所に入って一年が過ぎた頃、やっとドラマの端役の仕事が舞い込んだ。

――匠、聞いて！　俺、ドラマの仕事もらった！

――本当に⁉　すごい！

学園ドラマのほんの脇役――生徒役だけで三十人もいて、事務所の先輩のバーターとして出るだけの春臣の科白は少ない。ほぼないときもあるという。見せてもらった初回の台本の科白は、たった一言だけだった。

それでも十分凄《すご》い、と匠と母は大盛りあがりし、その日は春臣を呼んで豪華な夕飯になった。

初回放送の一時間で、春臣が画面にうつっていた時間は合計で五分にも満たない。それでも映る度に母と大騒ぎし、隣りにいる幼馴染みが画面の中で喋るだけで感動した。

一方で、春臣よりもずっと出番のある俳優たちを見て、「春臣ならもっと上手に演技できるのに」「春臣のほうがかっこいいのに」という不満も湧いてくる。

——前にさ、俺にマネージャーになってほしいって言ってたじゃん？

——うん、なってくれるの？

——高校生じゃ無理。現実には、なれないけどさ、でももし俺がマネージャーだったらもっと絶対、春臣のことうまく売り込むのに……！

本気でそう言ったのに、何故か母と春臣には笑われてしまった。

春臣の魅力は、ファン第一号の自分が一番よく知っている、という自負がある。だから、現状が歯がゆかった。

とはいえ、匠としては不満の多い出演だったが、きっとこれを機に春臣の魅力は世の中にわかってもらえる。そう確信した。

そんな確信は現実となり、春臣の仕事はそれからほんの少しずつだが増えていった。先輩のツアーについて行ったり、先輩が主演のドラマの単発ゲストに呼ばれたりとそれなりに順調だった。

そんな中――高校三年生の秋口に、匠の母が倒れた。

勤務先から母が倒れたという連絡があった。元々気管支喘息《ぜんそく》を持っていたのだが、長年の無理がたたって悪化したのだ。

慌てて病院へ向かうと、母はベッドの上で寝ていた。医師から今後のことについて説明をされたが、頭が真っ白になってなにも入ってこない。

待合室で、気が動転した匠は春臣に連絡を取った。他に、誰も思いつかなかった。

混乱したまま、メッセージを送り続ける。きっと携帯電話から離れていたのだろう、送ったメッセージに既読の文字はつかなかった。

けれど、メッセージを送っているうちに自分の中で状況が整理されてくる。冷静になるほど恐怖心が襲ってきて、体が震えた。

最初にメッセージを送ってどれくらいの時間がたったのか、ようやく既読の文字がついた。

『すぐ行く。待ってて』

そんな言葉が送られてきてから、一時間も経過しないうちに春臣は病院にやってきた。もう見舞いの時間は過ぎていて、中に入れない。その文字を目にするのとともに、匠はふらりと立ち上がった。

そのときになって初めて、外も、廊下も真っ暗になっていたことに気づいた。

階段を下りて、病院の入り口に向かう。春臣が立っていた。

——はるちゃん。

子供の頃のように呼んでしまったのは、無意識だ。

——匠。

春臣は匠の手を引いた。その手はあたたかく、泣きそうになる。

——……入院の準備とか、しないといけないんだろ。一旦戻ろう。俺、タクシーで来たから。

こくりと頷いて、手をつないだまま二人でタクシーに乗り込んだ。その間、春臣の携帯電話は何度も鳴っていた。そのことに気づいたのは再び病院に着いてからだ。

匠は待合席のソファに並んで座っている春臣の顔を見上げた。

——春臣、電話、鳴ってない？

匠の問いかけに、春臣はにっこりと笑った。

——大丈夫。さっきかけ直したから。

そう、と安堵《あんど》して、春臣の肩に寄りかかった。不安で震える体を、春臣が辛抱強くぽんぽんと叩いてくれている。どれくらいそうしていたのか、空が白んできた頃に、看護師の女性に「容態が安定したから一旦おうちに帰って大丈夫だよ」と声をかけてもらった。

もしかしたらこのまま母がいなくなってしまうかもしれない、という恐怖が去り、匠は春臣とともに自宅へ戻り、泥のように眠った。

春臣は、ずっと一緒にいてくれた。

その晩だけではない、次の日も病院までついてきてくれて、入院のあれこれや、病院の説明などでどうしても席を外さないといけないときなどは母についていてくれた。

数日後、やっと病状が快復した母は退院したが、体のことを考えて祖父母の住む田舎に引っ越すことになったのだ。卒業まで残るべきかほんの少し迷ったけれど、一人だけ残るのも経済的に難しいし、転校するという判断になった。

——そっか、引っ越すの。……でもおばさんのこと考えたら、それがいいと思う。

事情を伝えると、春臣は寂しげに、でも笑ってそう言ってくれた。

——連絡するから、絶対。

——うん。……俺も、絶対連絡する。コンサートとか、舞台とか、そういうのあったら、匠
……来てくれる？

——絶対行く！　あ、……でも、最初はバイトとかしないと無理かもしんないけど。でも、絶対！

離れ離れというほど大袈裟《おおげさ》な距離ではないけれど、今までのようにすぐ会える距離ではなくなった。

——いつも見てるから！　応援、してるから。ちゃんと見てる。どんなところにいたって、春臣のことずっと見てるから。

必死に言い募ると、春臣は子供の頃のような顔で笑い「約束」と言ってくれた。

——俺も頑張る。匠に見てもらえるように、頑張るから。

まるで今生の別れのように涙ぐんで約束を交わした。

実際、後々調べたら在来線と高速バス、どちらを使っても三千円とかからない距離だったのだが、それでも小さな頃から走って一分もかからない距離に住んでいた二人にとっては、大きな隔たりとなったのは間違いない。

匠は引っ越しと転校、そして受験が重なって忙しくなり、春臣もまた恐らくレッスンなどで忙しかったのだろう、毎日のようにしていた連絡は一日置きとなり、三日置きとなり、一週間置きとなり、徐々にまばらになっていく。

春臣からやっと「先輩の舞台に脇役で出ることになったから来て」と連絡があったのは、高校を卒業し、大学に入学して最初の夏休みの頃のことだった。

なんで今まで呼んでくれなかったの、という言葉はどうにか呑み込んだ。とにかく、久しぶりに春臣に会えるのが嬉しかったからだ。

やっと見に行った舞台で久しぶりに見た春臣は、本人の申告通り本当に端役だった。科白は、少ないわけではないが周囲に比べて多くはない。

それでも、春臣が一番輝いて見えたし、なにより息苦しいほどに胸がときめいた。

春臣しか目に入らない。彼が喋るたびに、叫びだしたくなるような衝動に駆られた。演劇としてもとても楽しい舞台ではあったのだが、とにかく春臣の演技も、見目も、とてもよくて興奮してしまった。

会場を出て、興奮冷めやらないままに春臣に『すごくよかった！』とメッセージを送ろうとした。送信ボタンをタップしようとしたタイミングで、ロビーに黄色い悲鳴が響き渡る。

演者の二人が物販のほうに出てきたらしく、きゃーきゃーと女の子たちが群がっていた。すごいなあ、と思いながら顔を向けると、そこに立っていたのは春臣と、同じく出演者の研究生だった。衣装ではなく、Tシャツにジャージという稽古着と思《おぼ》しき姿だったが、二人とも女の子たちにあっという間に囲まれていた。

ありがと、とにこやかな笑顔を浮かべる春臣に、女の子たちは更に悲鳴を上げる。どんどん群がっていく人波に、やがて二人は見えなくなった。

――あ。

すうっと、体温と血の気が引く感覚がした。

なにも変わっていない、と思っていたけれど、そこで初めて互いの間の大きな隔たりを感じた。さっきまで高ぶって熱くなっていた頭が、突然冷水を浴びせられたように冷えた。

沢山の女の子に囲まれている。彼は自分のような一般人の手の届かないところにいってしまったのだと、そのとき唐突に理解した。

そして、同時に感じたのは嫉妬だ。

女性に人気があって、すっかり芸能人になっている春臣に対してではない。

自分の親友だと思っていた相手に群がる彼女たちに、嫉妬心を抱いた。

春臣に触らないで。――そんな考えがよぎり、息を呑む。

――え。

どうしてそんな考えに至ったのか自覚のないまま、逃げるように劇場を後にした。三時間かけて自宅に戻り、ようやく携帯電話を確認すると、春臣から何件もの着信とメッセージが届いていた。

『今どこ?』『スタッフさんに言っておいたから楽屋まで来られるよ』『今どこにいるの?』『楽屋の位置はここだよ』たくさん並んだそんなメッセージ。

そして『電源切れちゃったから返事できなかった』『メッセージ見てなかったからそのまま帰ってきちゃった、舞台すごくよかったよ』とだけ返した。

そっか、今度はちゃんと楽屋に来てね、と返事が来たけれど、変に思われたかもしれない。

――でも。

もし、あのまま会っていたら、きっともっと変な態度を取ってしまった。ぎこちない様子を、春臣はきっと怪訝に思っただろう。

けれど平静を装ってメッセージのやりとりをしたつもりでも、やはりお互いに妙な空気になったことはわかっていたのかもしれない。

そのことをきっかけに、ただでさえ間の空き始めていた連絡の頻度が更に落ち、やがて途絶えた。その翌年の正月に「あけましておめでとう」とメッセージを送りあったのが最後だ。

間が空けば空くほど、連絡は取りづらい。

春臣がその後もコンサートのバックで踊っている、という情報だけはネットや雑誌などで得ていた。それは春臣が出演予定を教えてくれなかった、ということでもある。

でも、ちょうどよかったのかもしれない。応援すると約束したのに、きっと今の気持ちでは純粋に応援なんてできないと、自分でもわかっていたからだ。

春臣に対して抱いているのは、親友や幼馴染みとしての愛情だけではない。ファンの女の子に嫉妬するような、狭量な恋心だ。

こんな気持ちで会いにいっても、迷惑になるし、自分も辛《つら》い。

けれど会えない時間が増えると、比例して恋心も膨らんでいく。雑誌やネットで春臣を見るだけで、どんどん大きくなっていくのだ。

本人を目の前にしたら、心が乱れてしまう。だから、会わない。会えない。――アルバイト先の友人にYDSのコンサートに誘われたのは、そんな気持ちを抱いて二年も経った頃だった。

実際に、生の春臣を見たら自分の心がどうなってしまうのかわからないから、最初は断った。けれど、幸か不幸か、土下座までして頼み込まれては突っぱねきれない。そんな言い訳を友人が作ってくれてしまった。

そうして、久しぶりの再会は実現した。

だが「もう会えない」と思っていたはずなのに、春臣の現状を見たら堪《たま》らず『今日の公演のあのやる気のなさはなんだ⁉』とメッセージを送ってしまったのだ。

それからすぐに『匠来てたの⁉　どこにいるの⁉』という電話がかかってきて、まだ会場にいると言ったらバックステージに通されての再会となった。

やっと冷静になって、途中で逃げ出してしまおうかと思ったけれどできなかったのは、やはり会いたいという気持ちも強かったからだ。

数年ぶりの挨拶もそこそこに、春臣は「なんで連絡くれなくなったの」と、当然とも思える質問を投げてきた。

――だってほら、芸能人と一般人だし……幼馴染みとはいえさ、あんまり馴れ馴れしくしないほうが、いいのかなって……。

答えを用意していなかった匠はしどろもどろになりながら答える。春臣は意味がわからない、と顔を顰めた。それから、大きな溜息を吐き、なんだそうかと呟く。

――住む世界が違うっていうのが俺を無視した理由なの？

詰め寄られて、曖昧に頷くと、「じゃあ同じ世界に匠が来てよ」と説いてきた。

――マネージャーになってよ。匠が。

そんなこと簡単にできるか！　と返した気がするのに、不思議なものでその翌年にはインターンとしてYDSプロダクションで研修を受けていたのだから、人生はわからない。

「おはようございます」

朝、いつもの通りにオフィスのドアを開けながらそう言うと、数人の事務員が「おはようございます」と返してくれる。マネージャーを担当している社員はあまりオフィスにとどまらないし、定時というものがないので朝の時間は基本寄り付かないものも多い。複数人のタレントを受け持ち、どこかの現場には出ているからだ。

「大江さん、さっきお電話ありました。机の上にメモ置いておきましたので」

「ありがとうございます、確認します」

会釈をしてデスクの上に貼られた付箋を取った。そこに書かれた文字ににんまりと笑みを浮かべ、パソコンを立ち上げてメールを確認する。

「――大江、ちょっとこっち来い」

尖《とが》った声で呼ばれ、笑みを引っ込める。事務所奥の会議室の入り口からこちらを睨みつけるようにして立っているのは、取締役の石塚《いしづか》だ。五十になったばかりの彼は、社員のまとめ役となっている。匠の採用をしたのも、この石塚だ。

小さく息を吐き、匠は会議室へと足を向けた。

ドアを閉めながら「スタンドプレーはやめろ」と叱責される。

「スタンドプレーってどういうことですか？」

首を捻《ひね》れば、石塚は苛立《いらだ》たしげに唇を歪《ゆが》めた。

「俺はお前を採用するときに言ったよな？　春臣はまだ駄目だって」

確かに採用時に言われた言葉だったので、頷く。

匠がスムーズに採用面接にまで至ったのは、春臣の紹介だったという点が大きい。それは所属タレントのコネクションがあるから、という意味ではなかった。

——あの春臣が、これからは真面目になんでもやる、だから君をマネージャーにしてほしいって頭を下げてきたんだけど、君は春臣のなに？

面接の場でそう言われたときに、匠は正直なところあまり状況が呑み込めていなかった。

ただの幼馴染みですと答えたら、ああそう、とどうでもよさそうな返事があった。

——うちはなんだかんだ人手不足だし……君の場合はうちのタレントのファンとかっていうんじゃなさそうだしね、まあ採用してもいいんだけど……春臣は、事務所内ではちょっとした「問題児」であり「厄介者」なんだよ。

春臣は練習は休まず出ているようだし、ダンスは上手く、記憶力もいいし、文句も言わない。なにより、容姿がとてもいい。とにかく舞台上で人目を惹《ひ》く男だ。

だが、仕事上で大きなトラブルを起こしたことがあるのだという。

――それでも、社長は春臣を切らない。お気に入りだと噂されているし、それもあって現場は春臣を持て余し気味だ。

その厄介者が「なんでもします」と頭を下げてきたので、上層部も驚いて、匠の面接に繋《つな》げてくれたのだそうだ。

――トラブル、というのはどういう……？

――映画関連で大ポカをやらかしたんだ。春臣はまだその「禊《みそぎ》」が済んでいないからそのつもりでいてほしい。

匠は、「わかりました」と返事をして採用された。

けれど、匠はその話を聞いたときに思ったのだ。

つまり、禊だかなんだかしらないが、春臣を飼い殺しにしているということか。それなら俺がこの手で春臣を蘇《よみがえ》らせてやろうじゃないか――と。映画が駄目なら、他にも活躍する現場は沢山ある。

「聞いてるのか、大江」

にっこり笑い、「禊の件ですか？」と返す。忘れるものかと。

匠の科白を受けて、石塚は苛立たしげにデスクを叩いた。それはパワハラになるのではと思ったが、余計なことは言わない。

「春臣の禊は済んでいない！　勝手なことをするなと何度言わせるんだ！」

「勝手な……って、先日も言いましたが、僕は今、春臣の現場マネージャーなので、仕事を取ってきているだけなんですが」

研修期間を経て、春臣のマネージャーになるまで、匠は先輩マネージャーについて慣れぬ仕事をこつこつとこなし、営業の仕方なども学んだ。現状を見たら先輩からは「そんなこと教えていない」と怒られそうだが。

石塚はいらいらと頭を掻きながら、嘆息する。

「今の春臣に許されているのは、コンサートのバックと、雑誌とＹＤＳの舞台だけだと教えたはずだ。映画関係は駄目だと言ってただろう！」

「だから、映画の仕事は取ってきてません。テレビの仕事です」

「日本の映画は日本のテレビ局が作ってんだよ！　一緒だ！」

この業界に身を置いているものとして、そんなことくらいはわかっている。けれど、とぼけて首を傾げた。

「知らなかった。じゃあ別の子に回します？　これから小関プロデューサーにご挨拶にうかがいますけど」

先程確認した伝言メモをひらりと翳《かざ》す。オーディションの案内が、春臣指名で来ているとの伝言だ。メールで書面も確認した。

小関はドラマ班のチーフプロデューサーであり、キャストだけでなくスタッフの人材までも統括している。無論先程石塚本人が言ったように、テレビ局のスタッフが映画を仕切ることも多い。映画だけではなく、舞台やイベントにも及ぶことがあった。

出演の確約ではないにせよそんな彼のご指名をはねつけるのは、それこそ「禊」が必要になる可能性が高い。

石塚は右目を眇め、ち、と忌々しげに舌打ちをした。

「……お前のやり方は、タレントのためにならない。うちのタレントは、デビューしたからには全員一流にならないといけないんだ。社風を汚すことになるぞ」

「へー。『端役は社風を汚す』んですか？　肝に銘じておきます」

ぺこりと頭を下げて会議室を出る。ドアを閉めて一秒後に、がん、と椅子を蹴り飛ばしたような音がした。やれやれ、と息を吐く。

――なんだかんだ言って、単に春臣に仕事をさせるのが気に食わないんだよね。

禊は、トラブルを起こしたことに対する相手方への詫《わ》びのようでいてそうではない。

春臣のマネージャーになって三年目で、毎日仕事に走り回っていたらそんなことには嫌でも気づく。

禊はあくまで「お詫びと称した、春臣個人に対する事務所側からのペナルティ」という意味合いのほうが大きい。相手の思惑や感情は関係ないのだ。匠が入社する前のトラブルだというから、少なくともそれからもう三年以上経過している。当初は本当に謝罪の意味合いもあったのだろうが、今はただの「懲罰」でしかない。しかも、書面で交わした期限がないので、明けるかどうかは誰かの胸先三寸という非常に曖昧模糊《あいまいもこ》たる状況だ。

ＹＤＳプロダクションは業界的に大きな影響を持っている。そんな事務所が「仕事をさせない」と表明したので、制作側としては他のタレントの出演を断られても困るし、面倒を避けて使わないのだ。一般知名度が高いわけでもないタレントを、無理に起用する必要もない。

だがあくまで、ＹＤＳプロダクション側は「あちらがお怒りだから、お許しをくださるまで使わない」と褉とやらを終わらせてくれない。

――だったら、無理矢理にでも風穴開けるしかない。

春臣の件に関しては、もういいのではないかという擁護派と中立派が多数である。だが、反対派に上役が多いため、匠のやり方をおおっぴらに庇《かば》えない、という側面があった。

幸い、社長は営業活動について許可をくれている。社長が表立って何も言わないので、石塚たちもあれ以上の文句が言えないのだ。

とにかく今は足で稼ぐしかないのだと、今日のスケジュールを確認し、鞄《かばん》を手に取る。

「匠」

名前を呼ばれて振り返ると、いつのまに来ていたのか、春臣が立っていた。

「春臣、なんでここに？」

「早く起きちゃったし、現場まで一緒に行こうかなと思って」

「でも俺今日、車移動じゃないよ？」

マネージャーの移動が車の場合はタレントが便乗することもできる。春臣は「違うよ」と苦笑した。

「匠と移動するのが目的なだけで、別に車移動狙いじゃないよ」

優しげな声で言われ、う、と言葉に詰まる。春臣に他意はないのだろうけれど、赤面してしまいそうだ。

「……じゃあ、行く？」

「うん」

にこっと笑った春臣に再び落ち着かなくなりながらも事務所を出ようとすると、事務員たちにくすくすと笑われてしまった。

「ほんと仲いいよね。春臣がまさかそんなキャラだと思ってなかった」

「わかる。無愛想というか無気力というか。ここでもステージでも声聞くことなんて滅多になかったもんね。ただの人見知りだったの？」

春臣は平然としているが、恥ずかしかったと言ったら、首を傾げた。何故か匠のほうが赤面してしまい、妙にへらへらしながらそそくさと事務所をあとにする。

「なんで恥ずかしいの。本当のことじゃん」

「恥ずかしいだろ、大の大人が子供が言われるみたいに『仲いいね～』って」

春臣は「そういうんじゃないと思うけどなあ」と首を傾げる。

「うん。今日どこ行くの？」

「今日は普通に営業するつもりだったけど……春臣いるならちょうどいいや、顔売りに行こう」

鞄から取り出したＩＣカードを手渡す。

「了解」

「それと」

匠はにっと笑ってデスクに貼ってあった、伝言がメモされた付箋を見せた。

「小関さんがね、今度オーディションおいでって」

春臣は一瞬目を丸くし、それから付箋を手にとった。

「小関さんからのお誘いなら、誰も文句ないよね」

先程のやりとりを見越したような科白に、苦笑する。もちろんオファーされたからといって、オーディションに受かるとは限らない。だが、大きな一歩に喜びが勝る。

今年の上半期に大ヒットした漫画原作のオムニバスドラマの端役だ。主人公とその周辺人物は固定キャストだが、毎週、ゲスト俳優が替わる。それがセカンドシーズンとして復活することが決まっていた。

その、脚本兼演出家とも既に話はしてあって、キャラのイメージに春臣が合っているのでど

だが。

「一話限りの端役だけど、印象に残るキャラだし、春臣も結構好きって言ってたから」

「匠がくれたチャンスだし、頑張る」

そんな言葉は、嬉しいけれど少々複雑だ。

自分自身のためにも頑張ってほしい。そんな匠の心情を読み取って、春臣は「それに」と言い添える。

「俺、演技やりたくてこの世界入ってきたから、やっぱりこういう仕事の可能性があるの、嬉しいよ」

若干の気づかいを感じつつも、そんな言葉が聞けてホッとする。

改札を抜けてホームへ上がり、ちょうどやってきた電車に乗れた。平日昼の電車の中はまばらだが、春臣を気にする人はまだいない。それが、少し悔しい。

——こんなに目立つのに。

人よりも頭一つ分くらい長身な春臣は、つり革ではなくその上のバーを掴む。少し身をかがめるような仕草がなんとも男前だ。スタイルの良さだけでなく、顔貌《がんぼう》も整っているので、ちらちらと視線を送る女性もいる。

けれど哀しいかな、それは「かっこいい男性」を見る目であって、「春臣」を見ているわけではない。

——電車移動できるのはありがたいし、売れたら売れたでプライベートがなくなって大変になっちゃうけど……春臣を早く皆に認識してほしいー！

つり革に摑まりながら、歯嚙みする。

もっともっと、春臣だけじゃなく他の担当の子たちも含めて売り込んでいかねば、と野心に燃えていると、ぷっと小さく笑う声がする。反射的に顔を上げれば、春臣がこちらを見下ろして笑っていた。

「まーた百面相してる」

え、と慌てて顔に手をやる。春臣は、「俺も楽しみ」と言った。

——春臣がやる気で、嬉しい。

ひところ——出会った頃の無気力さが嘘のようだ。

——……春臣の良さを語るのが仕事になるって、本当に天職な気がしてきた。

芸能関係の仕事なんてつとまるわけがないと思っていたけれど、案外自分に合っていたのだなあ、と最近実感していた。

匠は、一番の春臣ファンを自負している。春臣を売り込むときに、熱意が自然とこもってしまうものだ。

全部が全部うまくいくわけではないが、「そこまで言うなら」と仕事がもらえることも増えた。

「……でも、いいの？　匠」

「なにが？」

「なんか、俺にばっかりついてない？　俺は嬉しいけど……」

「ああ、うん。それは平気。ちゃんと他の子の現場にも行ってるし、会議もやってるよ」

実際のところ、春臣以外のタレントの営業は断然楽なのだ。それこそ内容に拘《こだわ》らなければ声をかけるだけでチャンスが与えられる。

「それに、俺のことで結構文句言われてるんだよね」

ごまかしてもしょうがないので、ああ、と顎を引く。先程、取締役ともめていたのもそうだ。それを匠は、知るかとばかりに、二番手三番手の端役でもなんでもやります、というスタイルでガンガン売り込んでいる。

その甲斐《かい》あってか、匠の営業を面白がって声をかけてくれる人も増えてきた。

「だって、場数も踏まずに主役に祭り上げられたって、本人が苦労するだけだよ」

もっとも、それを気にしない所属タレントもいないことはないので、人それぞれなのだが、匠としてはもっと春臣だけでなく受け持ちのタレントにはちゃんと場数を踏んで自分を磨いてほしいと思っているのだ。

だがその一方で、事務所の方針を誇っている上役や一部社員たちには匠はすこぶる評判が悪い。

「バラエティも、うちの事務所結構避けがちなのに、秋津《あきつ》と清瀬《きよせ》に回したでしょ」

「でもオファーがあるんだったら受けないと勿体《もったい》ないよ。どこでファンがつくかわからないんだから」

バラエティ番組も、パブリックイメージに関わるといって避けることが多い。これに関しても「売れてないマルチタレントみたいなことをさせるな！」と何度も叱責されていた。

「それに、社長は別にいいって言ってるし」

「……そうなんだ？」

そもそも、匠が取締役に厳しく叱責される「ルール」は、昭和から平成にかけ、事務所が盤石の地位を得た頃に、上役のひとつの派閥が決めたルールだと聞いている。社長は「それが時流に乗ることだというのなら」と許可しただけで、明確に方針として打ち立てているわけではないと言っていた。

「うちの会社、一枚岩じゃないみたいだしね」

そんな会話をしているうちに、電車はテレビ局の最寄駅に到着する。今日はスタジオで先輩タレントが昼の生放送に出演しているので、その見学ついでの売り込みだ。

「それより、挨拶は基本なんだからちゃんとすること。いい？」

「わかってるって、そこは、うちの事務所のタレント皆そうだよ」

「よし、じゃあその顔でたらしこんでいこー！」

言い方、と春臣は苦笑し、二人並んで電車を降りた。


それから一ケ月程経った平日の深夜、終電なくなっちゃったから迎えに来て、と春臣から連絡があった。タクシーで帰ってこいと言おうかどうしようか迷ったが、今日は先日出演したドラマで世話になった人気俳優主催の飲み会だと聞いていたし、なにかトラブルがあっても困るので、匠は車で直接迎えにいった。

指定された店に向かい、案内された個室に通される。引き戸を開けると、畳の上に寝転がっている春臣がいた。春臣の隣で同じように倒れ込んでいるのは、同じ事務所の稼ぎ頭であるアイドルグループ・ＹＤＳのメンバーの龍だ。彼はドラマに出演してはいなかったが主催の高遠《たかとお》逸生《いっせい》とは友人関係にあるので、今日も一緒に飲んだのだろう。

高遠が匠の顔を見るなり「あ、匠くんだー」と手を振る。

「その説は大変お世話になりました」

「こちらこそ。すごくよかったよ、春臣」

先日小関から紹介されたオーディションを、春臣は無事通過し、端役としてドラマ出演を果たした。つい先週オンエアされたドラマの評判は、上々である。

高遠は前シーズンよりそのドラマで主役を張っている人物だ。

春臣とは今回より以前に共演した際に仲良くなり、以来事務所の垣根を越えて可愛がってもらっている。彼のお気に入りである春臣を懸命に売り込む匠を応援してくれているようだ。彼が匠を親しみを込めて「匠くん」と呼ぶのは、それに加えて春臣のマネージャー談義を聞いたかららしい。

高遠と龍は春臣の演技力や人柄を気に入って、目をかけてくれている人たちだ。不安に思うこともまだ多いけれど、こうして見ていてくれている人がいるというのは心強く、嬉しい。

「ありがとうございます。失礼します」

ぺこりと頭を下げ、匠は春臣の傍《そば》に膝をついた。顔を赤くして転がっている春臣の肩を叩く。

「春臣。迎えに来たよ」

むにゃむにゃと唇を動かし、春臣が匠の膝に縋る。相当酔っ払っているようで、膝に触れた体が熱かった。やれやれと息を吐き、春臣の体を揺する。

「春臣、起きて。帰るよ」

「匠くん、ごめんね。飲ませすぎちゃった」

「いえいえ。……そんなに弱くはないと思うんですけど、疲れてたのかな」

最近、幸いなことに仕事が増えてきていたので、疲れもあったのかもしれない。けれどそんな予想を否定するように、高遠は手を振った。

「違う違う、俺が飲ませすぎたの」

「そうなんですか？」

「そ、だって、春臣全然恋人の話してくれねえんだもん」

不意の言葉に、匠は思わず支えていた春臣の上半身を畳の上に落としてしまった。ごん、と大きな音がして、酩酊《めいてい》していた春臣が「いてえ！」と声を上げる。

そして、高遠は「あ、やべ」と言った。だが言ってしまったことはいまさら消せない。匠はずいっと高遠に迫る。

「あの……春臣に、恋人がいるんですか？」

「いや、あの、ごめんそれは誤解。マネージャーの匠くんに内緒だったとかそういうことではなくて！」

はっきりと言葉にされるとより傷つく。

商売柄、「恋人」の存在は大きなスキャンダルになる。それに、なにか問題があったときに奔走するのはマネージャーであり、タレントとは二人三脚の存在なのだ。

重要な事柄であればあるほど、隠し事は困る。――それは建前で、もちろん事実でもあるのだが、なにより、春臣に隠し事をされていたこと、そして春臣に恋人がいるということは己の失恋を意味していて、気持ちが大きく乱れる。

呆然としてしまった匠に、高遠が「匠くん聞いて！」とフォローを入れる。

「そういう意味じゃなくて、春臣ってめちゃくちゃ秘密主義なんだよ。恋人がいるかどうかも、教えてくれないっつうか。結構長い付き合いなのにいつも『内緒』だから、酔わせて吐かせようかと思ってたんだけど」

「ああ、そういう……」

額面通りに信じていいものかわからないが、実際に決定的な話をしていない、ということなのでひとまず胸を撫《な》で下ろす。

「でも、なるべくならそういう話は人の聞いてないところでしたほうが……お店とかは、いつ誰が聞いているのかわからないので」

両者にとって危険なことだという匠の諫言《かんげん》に、高遠は「ごめんなさい」と素直に謝った。

「でも、春臣って本当に秘密主義で。……俺らばっかり一方的に秘密を握られちゃってるの不公平だなって思ってさ」

つついてもなにも出てこなかったと、残念そうに肩を竦める。その言葉にホッとしていることを自覚しながら、匠は目を細めた。

「春臣は口が堅いのでご安心を。龍さんはわかりませんけど。……龍さんも連れて帰りましょうか?」

「いや、大丈夫。酔い覚めたら一緒に帰るよ。匠くん、酔っぱらい二人は大変でしょ」

「……じゃあ、お言葉に甘えます、すみません。いくよ、春臣」

友人関係にある二人なので、ここは任せることにして春臣に肩を貸す。どうにか立たせると、高遠は「あのさ」と匠に声をかけてきた。

「春臣がなにも言わないから、っていうのもあるんだけど、最近すごく楽しそうだったから、彼女でもできたのかなっていう、単純な疑問もあったんだよね。……実際んとこ、どうなの？」

にこやかに、けれど好奇心を滲《にじ》ませる高遠の言葉に、首を傾げる。

「……それは、多分単に仕事が充実してるんだと思います。龍さんにも高遠さんにもこうして可愛がって頂いて」

売れっ子実力派俳優の眼力は鋭いが、隠すような事実もないので、さらりと躱《かわ》す。

「わぁ、さりげない嫌味。酔わせてごめんってば」

別に嫌味のつもりはなく本心だったが、匠はぺこりと会釈をするにとどめて個室を出た。実際、人気俳優の高遠や、稼ぎ頭の龍に可愛がってもらっているというのは春臣にとって強みだ。

車で迎えに来てよかったかも、とコインパーキングまで春臣を引きずるようにして連れて行く。

後部座席に座らせた春臣が自分でシートベルトを締めるのを見て、多少酔いは覚めてきたのかな、とも思いながらドアを閉めた。

マンション前まで送ったらすぐに帰るつもりだったが、春臣が寝てしまったので、どうにか起こして部屋まで送る。

「春臣、ちゃんと歩いて」

「んー……」

生返事すんな、と文句を言いながら、自分よりも大きな男に肩を貸した。春臣をはじめとする担当タレントの部屋の合鍵はすべて持っているが、こんな使い方をするものではないのにな、と息を吐く。

苦心して鍵をあけ、春臣を玄関の小上がりに座らせた。

「玄関で寝るなよ？　じゃあ俺帰るから――」

踵を返そうとしたら、後方から勢いよく引っ張られる。完全に油断していたせいで、匠は春臣の上に倒れ込んでしまった。

「あっぶ……、危ねえ！」

怪我《けが》をさせていないかと本気で焦る。だが不意に、両腕で抱き締められて息を呑んだ。

「帰っちゃやだ」

「っ……、」

子供の頃と同じ甘えた口調で請われ、きゅうっと胸が締め付けられる。

――体ばっかり大きくなって、こういうとこ全然変わんない。

自分ばかりが意識しているのが、また情けない気持ちにさせられる。春臣は昔と変わらず無邪気なままなのに、勝手に意識してどきどきしているのが少し哀しかった。

父性と恋心が同居した、なんとも微妙な気持ちになりながら、ぽんぽんと春臣の背中を叩く。

「少しいてやるから、取り敢えず玄関から動こう。風邪引く」

うん、と素直に頷いて、春臣は匠を抱きしめたまま立ち上がった。子供の頃よりずっと開いた身長差のせいで、春臣の顔を下から見上げる格好になる。

にこりと笑いかけられて、罪悪感に胸が痛んだ。

「ほら、部屋入って」

互いに靴を脱いで、リビングへと向かう。再会したときから引っ越してもいないし、家具も増えていないままのシンプルな部屋だ。

若干酔いは覚めているようだが、このままシャワーをあびさせるのも不安で、冷蔵庫からミネラルウォーターを取り出す。蓋を開けてやってからソファに座っていた春臣に渡すと、すぐに一口、口に含んだ。

春臣はいつも、窮屈そうに長い足を抱えながらソファに座る。

「今日、龍さんも一緒だったんだ？」

「うん。高遠さんと仲いいから……よく一緒にごはんとか、行く」

春臣は言いながら、もう一口飲む。嚥下《えんげ》するたびに喉が動く様子が、やけに色っぽく見えてしまい、そんな目で見ている自身に落胆した。

「春臣」

「んー？」

再会して距離が縮んだぶんだけ、春臣を意識する時間が増える。呼べば応えてくれるところに、春臣がいることを幸せに感じた。

一方で、物理的な距離は近づいても、立場的な距離は遠くなった。けれどそれでちょうどいいのかもしれない。

日に日に自分の中の気持ちが膨らんでいっているのがわかる。

「……さっき高遠さんが言ってたけど、恋人、いないの？」

顔を見ていられなくて、訊きながら目を逸《そ》らしてしまった。

「なんでそんなこと訊くの？」

「……マネージャーだもん。把握してないと対応もできないだろ」

もっともらしい「理由」は、すんなりと口から出た。

実際、先輩社員などからは「把握はしておけ」とは言われている。芸能人の恋愛事情は真っ当であろうとそうでなかろうと、ニュースになる。ＹＤＳのようなアイドル的な人気のタレントたちにおいては、それがタレント生命につながることもあるのだ。

「だから、もし恋人がいるときは、俺を信用して、隠さず言ってほし――」

不意打ちで顔を覗き込まれ、匠は思わず後ずさった。ソファに座っていたはずの春臣が、足元にしゃがみ込んでいる。

「いないよ」

膝を抱えて匠を見上げながら、春臣が言う。

「今はいない」

春臣の返答に、ほっとしながらも胸が痛む。今は、ということは以前はいた、ということなのだろう。

「なら、いいけど……できたら絶対教えてくれよ」

昔から女の子には人気があったし、今は芸能人なのだ。中高生の頃は、多分誰とも付き合っていなかったはずだ。もしいたら、きっと教えてくれたと思う。

だが、離れてからのことはよくわからない。春臣がもてないほうがおかしいと思いながらも、自分の知らないところで、誰かに恋をしていたという事実に嫉妬の気持ちがゆらめく。

「友達としても知っておきたいし、マネージャーとして、フォローが必要になることだってあると思うしさ」

「俺、誰かと付き合ってもいいの？」

問いかけに、ずきりと胸が痛む。もう二十歳も超えているし、機会があれば恋人だって作りたいのは自然なことだ。

「いいよ」

どうにか作り笑いを貼り付けて、春臣の頭をぽんぽんと撫でる。柔らかくふわふわの髪が気持ちよくて、無意識に指先で遊んでしまった。

「……でも、ちゃんと教えてくれないと困るけど」

もしゃもしゃと撫でくりまわしていたら、唐突に春臣が立ち上がる。目線が急に上になって、自然と一歩下がってしまった。

「わかった。……じゃあ、匠も言ってね。ちゃんと、なんでも俺に話してね」

マネージャーがタレントのことを把握するのはともかく、その逆はどうでもいいのでは、と思いながらも、友人ならば当然かと頷いた。

「わかった」

「匠こそ、彼女いないの」

小さな頃から春臣一筋で、他に目なんていかなかった。それに、春臣と違って男女拘らずそういう目で見られた経験もない。必然的に、恋人なんてできようはずもないのだ。

「いないよ。……ていうか、恋人なんて今までいたことないし」

春臣は匠の返答に、目をまん丸くした。

「悪かったな、もてなくて」

「いや、全然悪くないよ。いいと思うよ、清純派って」

「マネージャーに清純派もクソもないし」

馬鹿にしてるのかなと睨めば、春臣はただにこにこと笑っていた。急に機嫌がよくなったようで、気分屋だなあと息を吐く。

「ねー、匠、泊まっていきなよ。もう夜遅いし」

「いや、帰る。明日も仕事だし、春臣もちゃんと寝ること。いい？　睡眠時間は肌に影響するから、ちゃんと休むんだよ」

お邪魔しましたと玄関に向かうと、春臣が追いかけてくる。その足取りを見て、酒はある程度抜けたようだと安堵した。

「あの、匠。ありがとう。今日送ってくれたことじゃなくて、仕事取ってきてくれて、ありがとう」

急にお礼を言われて、瞠目《どうもく》する。

「……今回の仕事、楽しかった？」

「うん。勉強になったし、またお芝居したいって思った」

そんな科白が聞けるようになるとは思わなかった。まだまだ先は長いというのに報われた気分になってしまってうっかり泣きそうになる。それを必死で隠して、匠は目を細めて春臣の肩を叩いた。

春臣は、意を決したようにもう一度口を開く。

「俺、これからも頑張るから。……だからさ、匠」

「うん。俺も頑張って仕事取ってくる。サポートするから。だから、さっきの恋人の話もそうだけど、もし大事なことがあったらちゃんと言って。隠し事はしないでな」

「あ……うん」

「じゃ、戸締まりちゃんとするんだぞ」

そう言い置いて、春臣の自宅をあとにする。車に乗り込みながら、頬が緩んでいるのを自覚した。


——仕事、増えるといいなぁ。

春臣がやっと見せてくれたやる気を無駄にしたくない。

まだまだ事務所との軋轢《あつれき》もあるし、実績は足りない。けれど、風向きは悪くないと思う。

昔は、悪い評判を見るのが嫌であまりネットで検索などはしないようにしていたが、マネージャーになってからは担当タレントに関する事象について確認を怠らない。

業務の一環というのもある。そして時流を摑むのにも必要だし、あらぬ噂を立てられたり、またタレント本人が失言していないかを監視するためでもあった。なにか問題があれば上へ報告し、必要とあれば対処する。

当初は春臣たちの名前を検索しても、特定のファンのツイートが、数週間に一度見られればいいほうであったが、最近は毎日、誰かが春臣たちのことを話題に出していた。

着実にファンは増えてきている。

なによりも、春臣が楽しく仕事してくれているだけで嬉しい。以前までは「まるで覇気がない」と言われていたのが嘘のようだ。

どうかうまい方向へ転んでくれますようにと祈りつつ、匠はハンドルを握る手に力を込めた。


「――匠、またいじめられてるの？」

男性のヘアメイクさんに顔にファンデーションを塗られながら、春臣がぽつりとそんな問いかけを投げる。

昼の情報番組のワンコーナーに、同じく匠の担当しているタレント二名とともにゲストとして出してもらうことになっていて、現在はメイクをしてもらいながらの待機中だ。ほか二人は先程スタジオ見学に行ってしまった。

「なんだよ、『また』って」

「秋津が言ってた。今日ここの現場に来るときに、また絡まれたんでしょ」

そんなことされてない、と言おうとしたが、先程まで一緒に行動していた秋津からのリークがあったのではごまかすのは難しそうだ。

「絡まれたって、このへんそんな治安良くない感じでしたっけ?」

話に入ってきたヘアメイクさんに、春臣が違う違うと首を振る。

「一般の人に絡まれるとかじゃなくて、うちのマネージャー、会社の人とか一部ファンにいじめられがちなの」

「ええ? なにそれどういうこと?」

「なんか、方向性の違い、だって」

バンドの解散の理由のようなものを口にして、春臣がふんと鼻を鳴らす。

だがあながち間違いでもないのが、笑えないところだ。

相変わらず、上役の一部は、匠のマネジメントや営業の仕方が「安売り」だとお気に召さないらしい。先日の春臣のドラマ出演も気に入らなかったようだ。

そして、その上層部と懇意の芸能記者が「マネージャーの横暴」「タレントを飼い殺しにする問題行動」などと書きたて、自称事情通のファンがそれらを受けての自己解釈をネットにまるで事実のように書き散らす。

以前まではオンライン上でしか触れなかったことを、匠に直接問いただすファンまで出てきてしまった。

それを聞いてヘアメイクさんが「なにそれ」と顔を顰める。匠は慌ててフォローに入った。

「でも最近は結構減ってきましたよ。特に社内の人間は」

以前はあまりそういう仕事の仕方はよくない、と非難してきた先輩社員たちも、一部はこのところの匠の仕事を気にかけてくれるようになった。最近は相談に乗ってくれたり、受け持ちのタレントの番組に春臣をはじめとする匠の担当しているタレントを呼んでくれたりするようになってきたのだ。

特にチーフマネージャーは、未だ強固に非難している取締役との間で板挟みとなっていたが、先日「もう自由にやんなさい。結果出せばそれでいいよ」と言ってくれたりもした。

総務事務の同僚は以前から概《おおむ》ね好意的だったこともあり、最近は仕事が決まると「よかったね」と声をかけてもくれる。

そんな話をしていたら、携帯電話に着信があった。失礼しますと一言言いおいて、楽屋を出る。画面に表示されたのは事務所の番号だ。

『大江！　いま大丈夫⁉』

「あ、はい。今、春臣はメイク中ですけど……」

事務の女性社員かと思ったら、上司であるチーフマネージャーだった。

『来た！　春臣にドラマのレギュラーのオファー来たよ！』

「……っ、」

本当ですか、と訊きたいのに声にならない。チーフマネージャーも興奮しているらしく、二人で無言になってしまった。

匠は興奮を抑えきれないまま、先程出てきたばかりの楽屋に再度戻る。勢いよく開いたドアを、春臣とヘアメイクさんが驚いた様子で振り返った。

「オーディションとかじゃなくてですか」

『うん、オーディションなし、ご指名！　主役じゃないけど、主要キャラ！』

皆まで言わずとも仕事の話であることは察したのか、春臣がじっと匠を見ている。まだ、選ばれたのが自分かどうかはわかっていないかもしれない。

チーフマネージャーはこうしちゃいられない、と電話の向こうでばたついていた。

『いまテレビ局だよな？　お前はそのまま待機して、春臣つれてプロデューサーに挨拶！』

「もちろんです！」

チーフマネージャーからの電話を切ると、春臣が「匠」と呼ぶ。

にっこりと笑い、握った拳を掲げた。

「ドラマ！　決まった！」

「……っ、マジで⁉」

まだメイクの途中だというのに立ち上がった春臣だったが、ヘアメイクさんは文句を言うでもなく、ぱちぱちと手を叩いて祝福してくれた。

その後、出番を終えた春臣とともに、局内にいる小関プロデューサーのもとへと急いで出向く。

二人並んで頭を下げると、小関は椅子に座ったまま二人に座るよう促した。揶揄うような顔で笑い、「べつにわざわざ挨拶に来なくていいのによ、脇役なんだから」と辛辣《しんらつ》なことを言う。けれど、そこにはこちらに対する好意も見え隠れしていた。

「前回出てもらったときにやっぱりいいなと思って」

そんな言葉をもらえて、うっかり目に涙がこみ上げる。春臣はそんな匠を尻目に、落ちついた、けれどやる気に満ちた声で「頑張ります」と答えていた。

「脚本家も思った以上にいいって言ってて。今回は別のライター使うんだけど、そいつも春臣くんをドラマで見て『いい』って思ったんだと。それで今回のオファーなわけ」

そうでしょうとも、という気持ちと、そんなふうに言ってもらって嬉しい、という気持ちが混じって口元が緩む。

「で、おたくの事務所からも特にクレームはなかったし、これから使っていっても問題ないかなって思ってさ。今回、ちょっと難しい役だけど、春臣くんならできるかなと」

「ありがとうございます、頑張ります！」

春臣と匠はほぼ同時に頭を下げ、椅子に腰掛ける。

念願のドラマレギュラー役の仕事は金曜午後十時枠の新しいドラマだ。主人公のライバル役で、癖のあるキャラクターなので絶対人気が出るだろうと容易に想像できる。

春臣が先日オーディションで獲得した高遠主演のドラマの一話限りのゲストキャラが、業界的に大変評判がよかったのだ。ネット上でも「春臣にこんな演技できるんだ」「誰この俳優さんめっちゃ上手い、と思って調べたらYDS所属だって。意外」などと好評だった。

——やっぱり、春臣には実力があるんだから、人目に触れさえすればこっちのもんだって思ったんだよ……！

そら見たことか！　と、心の中で誰に言うでもなく得意げになる。けれど、興奮してしまっているのが顔に出たのか、小関がふっと噴き出した。

「いや、ごめん。本当に嬉しそうだなって思って」

「嬉しいのももちろんですけど、光栄です。うちの西尾をまた使っていただけるなんて」

内心ガッツポーズをしながら、匠は小関に頭を下げた。春臣も、それに倣《なら》って深々と腰を折る。

小関はうん、と頷いて、それから企画書を匠に寄越した。

「大江くん、変わってるよね」

突然の言葉に、えっ、と顔を上げる。そして何故か春臣のほうが「そうなんです」と頷いた。

「うちのマネージャー、だからもううちの会社ではいびられちゃっていびられちゃって」

「あー、YDSっぽいねえ、心ゆくまでYDSっぽいねえ、しらんけど」

春臣の冗談に、小関は何故か納得してしまっている。自分ではごくごく普通の、真っ当な社会人だと思っているのに、二人がかりで変人呼ばわりされているのは何故なのか。

二人は匠の顔を見て、また笑った。

「ま、そういうわけで、また期待してる」

「はい、お時間頂きありがとうございました」

春臣と揃って席を立ち、頭を下げる。小関がトントンとテーブルを指で叩く音がしたので、顔を上げた。

「……君らのところの事務所には色々思うところもあるけど、俺は、君らと仕事できてよかったなって思ってるよ」

まったく予期していなかった言葉に、匠は息を呑んだ。咄嗟に言葉が出てこなくて、思わず隣の春臣を見てから、勢いよく頭を下げた。

「楽しいドラマにしよう」と差し出された手を握る春臣を見て、再び涙がこみ上げてきそうになる。こらえていたつもりだったが、春臣にはバレていたらしい。廊下に出た瞬間、目元を拭われてしまった。

「泣くなよ、これくらいで」

「だって……あんな言葉もらえると思わなかったから……」

自分にあるのはやる気だけだ。自信なんてひとつもないから、不安も大きい。

営業がうまくいったときは事務所が大手だからだと浮かれることもできないし、うまくいかないときは自分の力不足を嘆くばかりだ。成果はいつも形がなくて、春臣や他のタレントの成長具合はわかっても、自分のことはよくわからない。

けれど、僅かながら自分の成長が見えた気がして、春臣のことも認めてもらえて、胸がいっぱいになる。ひとつ息を吐いて、にっと笑った。

「でも、確かに泣いてる場合じゃないよな。これから始まるんだから」

春臣が目を細め、頷く。

「不安に思ってたやつもいるみたいだけど、俺だけじゃなくてみんな感謝してるよ、匠」

「わー、だからやめろって、泣かすな」

ガンガン売り込む、と勢い込んだところで、結果が伴わないうちはやはり不安がつきまとうものだ。

春臣のために、という動機で始めた仕事だったけれど、営業相手や担当のタレントたちに自分を認めてもらえることにもやりがいを覚えている。

誇りを持てるようになった。それは、紛れもなく春臣から始まったことだ。ありがとうの言葉を胸の内で呟き、仕事に邁進《まいしん》することを誓った。

携帯電話でスケジュールを確認しながら事務所を出て、メッセージアプリを起動させる。画面には春臣《はるおみ》から『今、秋津《あきつ》と現場出た』というメッセージがあった。どこかで時間潰して、そのまま行くね、というメッセージが続く。

――じゃあ、俺は手土産を買っていくから、と。

指をスライドさせながらメッセージを入力して送り、駅方面へと足を向けた。デパートに寄って、人数分より余裕をもってお菓子を購入し、ラジオ局へ出向く。

春臣と秋津は、午前中から先輩タレントの番組収録の見学に行っている。匠《たくみ》は付き添わずに事務仕事や営業に徹していた。

その現場から秋津は直帰するが、春臣は夜に放送される先輩グループのラジオ番組に出演するため、匠も局へと向かう予定だ。

今日は、春臣がレギュラー出演する金曜ドラマの初回放送日である。その宣伝の場として、ラジオ番組の出演を許可してもらえた。

――放映時間に間に合うかなー……。一応録画予約はしてるけど。

ラジオ局から匠の自宅までは一時間弱。春臣の出番が終わる時間を考えると、リアルタイムでの視聴がぎりぎり間に合うかどうか、というところだ。

既に到着していたらしい春臣は、廊下で待っていた。こちらに気づいて、片手を上げる。

「おはよ、春臣」

おはよう、と言いながら春臣はわざわざ椅子から立って、匠の傍まで歩み寄ってきた。

春臣は匠の手を徐《おもむろ》に握り、肩のあたりに頭を預けてくる。そんな接触にどきりとしながらも、繋《つな》いでいないほうの手で春臣の背中を叩《たた》いた。

「どうした？　具合悪い？」

「……今日やること多くて疲れた。若干眠い」

体調不良というわけではないようなのでほっとしたが、確かに最近スケジュールが詰まっているので疲れが溜《た》まっているのかもしれない。

疲れているときは甘いものがいいかと、繋いでいた手をほどき、手土産とは別に購入していたチョコレート菓子を取る。包装を剝《む》いてやったら対面の春臣が口を開けたので、そのまま食べさせた。

そのとき、休憩室から構成作家とＤＪの先輩タレントが顔を出し、二人を見て「うわぁ……」と声を上げる。

「マネージャーと仲がいいのはいいんだけど、よすぎでは……」

「幼馴染《おさなな じ》みなんです」

春臣の返しに、先輩タレントがいやいやいや、と手を振る。

「俺、幼馴染みとそんなことしねえし」

指摘に、春臣は首を傾《かし》げた。匠と顔を見合わせ、今度は反対方向へ首を傾ける。

なんだその可愛《かわい》い顔はフォルダに保存したい、とか色々な感情が湧き上がったが、無表情を貼り付けたまま春臣を押し返し、ブース内のプロデューサーに差し入れを渡した。

「今日はお世話になります。これ、皆さんで召し上がってください」

「これはご丁寧にどうも」

挨拶回りをしている間、春臣は匠のあとをついて回った。

そんな二人の様子を見て、ブース内の誰かが「カルガモの親子」と言い、周囲がどっと笑いに包まれる。子供のほうが大きいんですが、と苦笑する。

普段は単独行動も多く、クールな印象の春臣が、匠を子供のように追いかけているのに笑いを誘われるらしい。

「マネージャー大好きってほんとだったんだ」

「幼馴染みだから、気安いだけなんです。ほら春臣、始まるから」

台本のチェックをしてろと言いつけると、春臣はしぶしぶといった様子で引いた。

春臣はゲスト扱いで、途中それなりの枠のゲストコーナーに出演する予定だ。ラジオの出演経験はテレビよりもあるものの、毎度はらはらしながら見守っている。

今日は生放送ということもあり、余計に緊張してしまった。割とそつなくこなすというのはわかっているし、春臣本人は落ち着いた様子だが、マネージャーであるこちらのほうが平静でいられない。

今日は冒頭からドラマの宣伝をしていることもあって、ラジオ宛てのメールの内容もドラマいてもらえてありがたい。


『お、そろそろ春臣とはお別れですねー。じゃあ最後にもっかい宣伝しておく？』

『ありがとうございます。レギュラーで出演させていただくドラマの初回、今日このあと……一時間後かな？　に放送です。皆さんどうぞよろしくお願いいたします』

ラジオだというのに、春臣がひらひらと手を振る。ほんの少し笑っていた。それが可愛らしくて、そして楽しそうで、思わず口元が綻ぶ。

『このドラマ、宣伝だけ見たけど面白そうだよね』

『身贔屓《みびいき》ではなく面白いんで、是非。有能な弊社マネージャーの匠の頑張りがあって頂けた仕事なんです』

唐突に名前を出されて、匠は思わず咳《せ》き込んだ。ブースの中から、春臣が投げキッスをしてくる。普段そういうことをしない春臣がやるせいか、周囲のスタッフがくすくすと笑い始めるのでいたたまれない。

『春臣のマネージャーね、大江《おおえ》くんって言うんですけど。あ、やべえフルネームが出ちゃってるな、まあいいか初めてじゃないもんな名前出るの。彼、若いけど結構やり手でね』

とんでもないと首を振ったら、「めっちゃ首振ってる」と笑われてしまった。

『すごいんだよ、うちのマネージャーも言ってたけど、すげえ仕事取ってくるんだって。顔もイケメンだよね。うちのタレント、ってても通じるんじゃない、あれ』

タレントに煽《おだ》てられるマネージャーなんて、自分くらいのものではないだろうか。恐縮してうつむいていると、春臣が「違うんですよ」と言う。

『匠はイケメンっていうより、可愛いんです』

『お、おう……』

お前先輩に向かって、先輩のラジオでなにを言ってるんだ、と匠は叫び出しそうになる。思わずぶんぶんと首を振ってしまった。先輩タレントと構成作家が声を揃えて笑う。

『あ、大江くんめっちゃ否定してる』

『否定してるってかあれは怒ってんじゃないの』

『なんで、褒めてるのに』

『そりゃおめー、ドラマの宣伝よりマネージャーのことに割いてる時間のほうが多いからだろ』

一番はそれだよ、と軌道修正してくれた先輩タレントに感謝する。春臣もうっかり、とばかりに「あ」と声を上げた。

『そろそろお時間なんだけどマジで。じゃあ最後に一言、見どころは』

『全部です』

『下手くそか！　……ということで本日のゲストは事務所の後輩・西尾《にしお》春臣でした～。ありがとうございました～』

音声が曲に切り替わり、ブースの中で春臣が先輩と構成作家に挨拶をしながら出てくる。周囲のスタッフにも「ありがとうございました、お疲れ様でした」ときちんと挨拶をして、匠のもとへまっすぐやってきた。

「おつかれ、匠。帰ろ」

「……お前なぁ」

匠の携帯電話には、ドラマの監督やプロデューサーから『ラジオ聴いてたけど全然宣伝してねえじゃねえか（笑）。マネージャーの話ばっかしてたぞあいつ』というメッセージが届いている。

怒っているわけではなく面白がっている様子ではあったが、匠は先程から『申し訳ありません』というメッセージを連投していた。

「あとで俺からも監督とプロデューサーには謝っとく」

「そもそも謝るようなことすんなよー……」

帰ろう帰ろう、と背中を押されつつ、周囲に挨拶をしながらラジオ局を出る。

「まだ終電もあるし、電車で――」

「ねえ匠。ドラマ、一緒に見ない？」

遮るようにそう言って、春臣が笑った。

「え、でも」

「俺んちのほうが近いしさ、リアタイできるよ」

リアタイ、という言葉に、心がぐらりと揺れる。時刻を確認すると、自宅での視聴はぎりぎり間に合うかどうか怪しいところだった。だが、春臣のマンションであれば、間違いなくオープニングから見ることができるのだ。

匠には、頷《うなず》く以外の選択肢などなかった。

エンディングロールが流れ、次回予告が始まり、「この物語はフィクションです」という注意書きが出る。匠は無意識に止めていた息を吐いた。

「よかった……」

念願のレギュラー役での出演を果たしたドラマは、贔屓目を抜きにしてもとてもよかった。台本には既に目を通しているし撮影にも立ち会ったのでこの先の展開も知っているはずなのに、まるで初見のように楽しめた。ストーリーも、続きが気になるのに満足感がある。

ドラマの放送と同時にノートパソコンをソファテーブルの上に置き、SNSのタイムラインも追いかけていたが、巷《ちまた》の評判も上々のようだ。

床に座って前のめりに視聴していた匠は、もう一度息を吐いて背後のソファに座っている春臣を振り返る。春臣はにこっと笑い、「どうだった？」と首を傾げた。

「……よかったー！　なにあれ、春臣天才じゃない⁉」

ドラマの春臣はおとなしい青年を演じていた。表面上は寡黙で優しい、知的なイメージのある役柄で、けれどふとした瞬間に裏の仄暗《ほのぐら》さが垣間見える。それも注意して見なければわからない、という絶妙な演技だ。

先々まで知っているとそれが伏線であることがわかるが、初見では気づく人は気づくけれど、概《おおむ》ね気づかないであろうと思われる、細かな表現だった。

「監督とかカメラマンさんの演出の妙もあるけど、これは春臣の演技力に裏打ちされてる……！」

そんな感動を口にしながら、ＳＮＳの評判をチェックする。ドラマのタイトルで検索しても春臣の演技への絶賛コメントが多数見られてにやついてしまうのはしょうがない。

――伏線にほんの僅かでも気づいている人は……今の所二人くらいかな。

そして春臣の名前で検索すると、絶賛コメントばかりが並んでいて興奮してしまう。

「春臣、演技すごい褒められてるよ！　ああ、これ全部コピペしてとっておきたい！　とっておく！」

ログが流れてしまう前に賛辞はすべてコピーしようと鼻息荒く画面にかじりついていると、両脇の下に背後からずぼっと手を差し込まれた。

「わっ、あ」

そのまま抱き上げられて、ソファに座らされる。

春臣の足の間に座る格好になり、状況を顧みて顔が熱くなった。匠は慌てて逃げ出そうとしたけれど、背後からがっちり摑《つか》まれてままならない。

なんなんだよ、と言おうとして、背後の春臣が匠の肩口に顔を埋《うず》めているのが見えた。その表情はうかがえない。

「春臣？　どした？」

「……べつに」

少し拗《す》ねたふうのその声に一瞬疑問符が浮かんだが、すぐに彼が照れているのだと悟る。なにより、ごまかしようもなく首元や耳が真っ赤だった。

「なーに照れてるの、春臣」

最近こんな顔をするのは珍しかったかもしれないと、つい揶揄《からか》うように口にしてしまう。ちょんちょんと頭をつついてやると、「うー」と小さな呻《うめ》きが返ってきた。いつも澄ました顔をしている春臣が恥ずかしがっているのが可愛い。

――こういう役もいいかも。甘えん坊の年下の恋人役みたいな……。

そんな想像をして、自然と「恋人役」なんて言葉を想起してしまった自分に気づく。

なんて図々しいんだろうと恥ずかしく思いながらも、胸の内で想像するくらいなら許されるかなと、春臣の頭を撫《な》でた。

ふと春臣が顔を上げる。こちらをじっと見るもので、どきっとしてしまった。その顔が不満げになる。

「また仕事のこと考えてるの」

半分は当たっているが、半分は外れている指摘に、匠は苦笑した。

「まーね。……俺、マネージャーだもん」

戒めのように口にする。

春臣に対する想いは複雑で、友人として、マネージャーとして、そして恋愛としても愛があった。けれどそれを春臣が知る必要はない。

「もう一回見ようかな。録画してるもんね」

そう言ってごまかすと、春臣は「もういいよ」と言いながらソファに倒れ込んだ。


春臣の出演したドラマは初回は八パーセント台だった視聴率が、最終回を迎える頃には二倍近い十五パーセントにまで跳ね上がり、今季一の高視聴率ドラマだと各所で絶賛されている。特番の話もすぐに決まった。春臣は主役でこそなかったものの、役柄との相性もよかったせいか、視聴者の印象にとても残ったようだ。

ドラマが放送されてから、春臣への仕事のオファーは格段に増えた。緩やかに増え続け、その後も順調である。

朝や昼の情報番組にも「今気になる人」として呼ばれ、大人しげで寡黙、だがマネージャーのことを話すときだけ少年のようになるという本人のキャラがお茶の間の主婦層に受けたらしく、女性誌などにも単独で呼ばれる機会が増えたのだ。

——だけど。

順調すぎるほど順調に思える仕事量だったが、相変わらず映画の話はない。それこそ、匠がマネージャーになってから何度も何度もオーディションの書類自体は送っている。

だが、オーディションに呼ばれることさえもごくごく稀《まれ》で、書類審査で概ね落とされてきた。

——禊《みそぎ》って、いつまでなんだ？　……そもそも禊とか関係なしに落ちてる？

当然答えなんて出るわけがない。

オーディションの予定が映し出されたノートパソコンのブラウザをにらみながら、どれに送るべきかと懊悩《おうのう》する。

「——大江、このあとの予定は？」

事務所で営業用の書類を作っていたら取締役の石塚《いしづか》にそう声をかけられて、顔を上げる。

「清瀬《きよせ》と秋津の付き添いで現場に行く予定ですけど」

春臣以外の担当タレントたちは、あまりドラマに興味はないようで、とにかく音楽や舞台方面にやる気を出している。テレビ番組が少ないので、今はもっぱらインターネットの番組に顔を売りまくっている最中だ。

「現場って、歌番組のバックだろ。そっちはいいから春臣のほうに行ってくれよ」

春臣は今日特に予定は入っていないはずだ。スケジュールを確認し、匠は首を捻《ひね》る。

「春臣のと言われても、今日自宅で待機してるはずですけど」

「だから、行ってご機嫌とってこいって。春臣はお前がいると安心するみたいだし」

タレントの機嫌取りもマネージャーの仕事だ、ともっともらしいことを言う石塚に溜息《ためいき》を吐《つ》く。先日までは褉だなんだとうるさかった人物とは思えない掌《てのひら》の返しようだ。

「じゃあ清瀬に誰かつけてくださいよ。それで、現場への挨拶回り絶対してくださいね。今日、同じ局にミュージカル系の人たち来るらしいので、そっちも絶対です」

清瀬は以前からミュージカルに出たいと言っていたので、最近は彼に関してはそちらの方面に顔を売っている。

わかったわかった、と適当な返事を不安に思いつつ、マネージャー見習いでアシスタントに回っている別の社員がそちらへ向かうことになった。彼にも念を押してから、清瀬本人にも『ミュージカル関係の方に挨拶していってください。かわりの者にも伝えておきましたが、忘れてそうならせっついて』とメッセージを送っておく。ちょうど携帯電話を見ていたらしい清瀬からは『了解』とすぐに返ってきた。

「じゃあ今日はこれで失礼します。なにかあったら携帯鳴らしてください」

そう言って立ち上がり、あ、と足を止めて振り返る。

「石塚さん。社長って、今日はいらしてますか」

「あー、どうだろうなぁ。社長はお忙しいから。なにか話でもあるのか」

「いえ……大したことではないので」

失礼します、と頭を下げると他の社員たちからにこやかに「おつかれさま～」と手を振られる。石塚ほど極端ではなかったにせよ、ひところに比べれば他の社員の態度もだいぶ丸くなっていた。

――こういうのも実力社会っていうんだろうか。……まあ、いいんだけど。

会社からほど近い、タレントの寮も兼ねているマンションに向かう。その道すがら、小さく息を吐いた。

――社長、滅多に顔を出さないんだよなぁ……。

最初に会ったのは採用の際の最終面接のときで、以降は殆《ほとん》ど会う機会がない。春臣は社長の一存でＹＤＳ《ワイディーエス》プロダクションに残ることができたというが、立場が強いわけでもなかったのは社長が頻繁に現れる人ではないからだ。

――禊のことについて訊《き》きたいけど……今更かなぁ。

　悩みながら歩き、到着したマンションのインターホンを鳴らすとすぐに春臣がオートロックのドアを開けた。エントランスを通り、春臣の居住階へと移動する。エレベーターのドアが開くのとほぼ同時くらいに、春臣が部屋から顔を出した。

「いらっしゃい、匠。どうしたの、急に」

「どうしたのって……様子うかがいかな？　今なにしてた？」

「様子うかがい？　まあ、なんでもいいけど……今、ちょうど台本読みしてたとこ。入って入って」

　首を捻りながら言った匠に怪訝《けげん》そうにしながらも、春臣は笑顔で部屋に招き入れてくれた。来る途中に買ってきたケーキを渡す。

「ありがと。お茶出すから座って」

「お邪魔します」

　リビングに向かい、いつものように床に腰を下ろす。

「匠はまた……ソファに座りなよ」

「だって床のほうが落ち着くし」

「最近匠が座るから、俺床とカーペットの掃除めっちゃ丁寧にやってるわ」

　ほう、と頷く。育ってきた環境のこともあって春臣は家事が苦にならないタイプだ。そういうものだと思って気にしていなかったが、「お掃除大好き」売りもありかもしれない。

——あー、でも潔癖っぽく思われるのって良《よ》し悪《あ》しなんだよなぁ。それだったらまだ「家事大好き」くらいのほうがいいかも……いや、でも洗濯は特に得意とか好きっていうんじゃないし……しかし洗剤のCMとか来たら最高……なんか洗剤系ってクリーンな感じするしな。

悶々《もんもん》とそんなことを考えていたら、頭の上にぽんと手が乗せられる。

「——まーた仕事のこと考えてる。……俺んち来たときくらい、ちょっと仕事のこと忘れてよ」

ちょっと拗ねた口調の春臣に内心激しくときめく。顔に出さないようにしながら、いや、と首を振った。

「仕事のことじゃなくて、春臣のこと考えてたよ」

もはやこれは趣味に近いと、自分では思っている。テレビを見ていて、自分の好きなアイドルがこのCMやってたら滾《たぎ》るなぁ、と妄想する感覚に近い。それが実際仕事になってしまっているのだから、仕事をしているとも言えるのかもしれないが。

純粋にアイドルを見る気持ちで捉えての発言だったが、無意識に自身の恋愛方面での欲望が滲《にじ》んでしまったかもしれない。春臣がなんだか変な顔をした。

慌てて言葉を言いかえる。

「……あ、でもそれってやっぱり仕事か？」

若干わざとらしいかと思いながらも、そんなふうにごまかした。春臣は髪を掻《か》き混ぜながら、はー、と大きな溜息を吐く。呆《あき》れられたかもしれないが、匠の邪《よこしま》な気持ちが気づかれたわけではないだろうと胸を撫で下ろした。

「匠……仕事、楽しい？」

「うん。最初はどうなるかと思ったけど……今は楽しいよ。やりがいもあるし。また春臣に会えてよかった」

再会できたことも、四六時中春臣のことを考えていられるのも、彼の傍《そば》にずっといられることも、春臣が今の仕事をしていて、匠にマネージャー業の道を示してくれたからだ。

「楽な仕事じゃないけど、充実してる。それに、春臣のことを沢山の人に見てもらえるのが嬉《うれ》しいよ。一番は、春臣が楽しんで仕事できているのが嬉しい」

春臣は切れ長の目を丸くし、それからくすっと笑った。

「そっか、なら……よかった。俺も当初の予定とは違うけどまあいいかなって」

おおもとをただせば、春臣は歌やダンスなどではなく、役者方面を目指していたのだ。

「確かに最初は違ったかもしれないけど、でも、今は軌道修正できてるじゃないか」

そう言うと、春臣はそうだねと苦笑いした。そんな春臣の態度に、なにか違う意図でもあるのだろうかと怪訝に思う。

春臣はぽりぽりと頭を掻き、ソファに置いていたバッグの中から台本を取り出した。

「あ、練習するなら俺お暇《いとま》するけど」

「え、なんで。いてよ。演技プランとか科白《せりふ》覚えてるかどうかとか、確認してほしいし」

はい台本、と既に読み込まれて少しくたびれた台本が匠の手に載せられた。

演技プランはともかく、台本のチェックだけならできる。わかったと頷いて立ち上がり、春臣の隣に腰を下ろした。

「じゃあ、匠が他の人の役やってくれる？」

「あ、これ次の撮影分……？」

次にゲストで呼ばれた恋愛ドラマはヒロインが様々な男子に好かれる所謂《いわゆる》ハーレムもので、現在二話目が放映中だ。撮影はもう六話目を終えたところであり春臣が出るのは七話目と八話目の予定だった。

まだ予備の台本をもらってなかったなあ、と思いながらページをめくり、「あっ」と声を上げる。

春臣の役名である「秀人《ひでと》」という名前が台本にずらりと並んでいた。どこまでめくってもずっと名前が出てくる。

「出番、すごく多い！」

ふふふ、と嬉しそうに含み笑いをする春臣と、喜びのハイタッチをした。

こんなに科白がもらえると思ってもみなかったので、興奮して声が上ずる。春臣はいわゆる当て馬のポジションなのだが、今までになかった色っぽい役なのでファンとしても期待していた。

——もう出演情報だけは解禁してるんだよね。

当然巷の評判もチェック済みだ。先達てのドラマで注目されたこともあって「楽しみ！」という声が多く、匠も心の中で「俺も！」と賛同していた。ほくほくしながら台本をめくっていると、既に台本の科白が頭に入っているらしい春臣に「練習してもいい？」と言われて慌てて居住まいをただした。

「ごめんごめん、いいよ。頭からやる？」

「いや。実は……ちょっと不安なシーンがあって」

不安なシーン？　と首を傾げると、春臣が肩を寄せてきた。体が密着し、内心激しく動揺しながらも平静を装う。

春臣は更に体をくっつけながら、匠の手の中の台本に指をあてた。

「ここなんだけど」

「……ここ？」

どれどれ、と台本を覗《のぞ》き込む。

柱書きと呼ばれるシーン説明のところには、「ヒロイン・小百合《さゆり》のマンション（部屋）の中（夜）」と書かれていた。そして科白が並び、ト書きと呼ばれる登場人物の行動や状況説明をする文字列を読む。

そこには「秀人、小百合の指を噛《か》む」と書かれていた。その文言に、匠の頭の中には大きく疑問符が浮かんだだけだ。

「えーと……これどういうシーンなの？」

匠の質問に、春臣は「エロいシーンだよ」とあっさり答えた。

「ただ俺も自信なくてちょっと不安だから、対人で練習したくて。いい？」

自慢ではないが、匠は今まで春臣以外に恋をしたこともないし、恋人ができた経験もない。おまけに、創作物であっても「色っぽい」ものに接することも多くなく、「噛む」と言われて想像したのは非常に色気のないシーンばかりだ。

頭の中では、春臣が「がじがじ」と陽気な効果音を立ててヒロインの指にかじりついているところしか想像できず、それはエロいというよりむしろ犬っぽい気がする。

「いいけど、これとエロさが結びつかないんだけど俺」

果たして春臣の不安が解消されるか、自信がない。当の春臣はくすりと笑って大丈夫だよと言った。

「それと、相手女優さんだし、傷とか痕とか付けないようにしないとだよね」

本気で注意したのに、春臣が少々困ったように笑っていた。加減しないで賠償というはなしになってしまう気もして怖い。絶対気をつけてよねと注意したら、ハイハイとおざなりに返された。

「じゃあ、とりあえず匠の指貸してよ」

「え、なんで俺の⁉　自分の指で——」

試せばいい、と言おうとしたのに、不意に指に触れられて言葉に詰まってしまった。

匠よりも、指が長く、大きな手だ。手ばかりの話ではないが、子供の頃はあまり差がなかったのに、いつからこんなに体格に開きがでてしまったのだろう。まじまじと見てしまう。

「自分の指じゃ練習にならないよ」

「そ、それもそうか」

噛みながら喋《しゃべ》る科白もあるようで、タイミングを計る練習も必要かもしれないと匠も納得する。

「じゃ、手洗ってくるからちょっと待って」

「別に気にしなくていいのに」

「いいわけないだろ。手って雑菌だらけで汚いんだから」

そんなものを春臣の口の中に入れるわけにはいかぬ、と匠はキッチンへ行ってハンドソープで丹念に手を洗い、更に除菌シートで手を拭いた。

再びソファに戻り、台本を開く。

「じゃあ、痛かったら言ってね」

「はいはい」

そんなやりとりのあと、春臣は匠の人差し指をぱくっと咥《くわ》えた。その様子に、匠はううんと首を捻る。

「……エロいの？　これ」

「そうなるように練習してる」

くすぐったさもあって、笑いがこみ上げてきてしまう。

真面目にやっていた春臣も、つられて笑い出した。エロいシーンと聞いて内心身構えていたが、これなら大丈夫そうだと安堵《あんど》する。

「匠、真面目にやって」

「だって口に入れたまま喋るんだもん」

黙って、と言って、春臣は匠の指に歯を立てた。ほんの少し触れている、という程度で、これならば痛くはない。

食事の様子とは違う、けれどなにとも違うような不思議な光景だ。指を咥えているのに、相変わらずかっこいいなぁ、と幼馴染みの顔にひそかに見とれた。

春臣は不意に、匠の手首を摑み深く指を咥え込む。口の中で、舌が人差し指の関節をぬるりと舐《な》めていった。無意識に「ん」と声が漏れてしまう。

「春臣、くすぐったい、って」

再び訴えれば、春臣は返事の代わりなのか匠の皮膚に先程までよりほんの僅か強く歯を立てた。それからまた、奥へと指を導く。

「――っ、?」

熱い舌が、指の股を舐めあげると、背筋がぞくっと震えた。

――く、くすぐったい。

けれど、先程までのくすぐったさとは違う、妙な感じがした。

歯を立てられた部分から、さわさわと擽《くすぐ》られるような感覚が皮膚に走る。思わず指先を動かしてしまい、春臣の上顎に指の第二関節が触れた。今度は痺《しび》れに似たものが指先を襲う。

「っ……」

何故《なぜ》かそのとき唐突に「春臣の口の中」に指を入れているという状況がとてつもなく恥ずかしくなってしまった。

自分は春臣の練習に付き合っているだけ、と何度も言い聞かせるが、舌の熱くぬめった感触にすぐ気がそれる。

じゅ、と音を立てて指を吸われ、咄嗟《とっさ》に腕を引きそうになったが、春臣に手首を摑まれてかなわない。なんだか、息が苦しい。

――指先が痺れてきたような、気がする。

ふと春臣と視線が合う。気がついたら人差し指だけでなく中指も一緒に咥えていた春臣が、目を細めた。邪な考えが脳裏を掠《かす》めて、下腹が落ち着かなくなる。やっぱり息が、胸が苦しくなってきて、無意識に後ずさった。

形のいい唇がにこりと笑みを作り、白い歯が見える。皮膚にほんの僅か食い込む歯に、目眩《めまい》を覚えた。

離れた唇からとろりと滴った唾液に、首の後ろがじわりと痺れる。まっすぐに見つめてくる春臣の瞳から、凍りついたように視線が離せない。

「――こんな感じかな」

ちゅる、と音を立てて春臣が匠の指から口を離す。急に切り替わった空気に、詰めていた息を漏らした。

――息、止めてたことにも気づかなかった。

確かに、エロいシーンなのかもしれない。目の前に広がる光景に、呼吸すらままならなかった。匠は照れと動揺を隠すように、春臣の濡《ぬ》れた唇を拭った。春臣がふっと笑うのに、また胸が騒ぐ。

春臣はテーブルの上のウェットティッシュを沢山取り出して、匠の手を拭いた。

されるがままになりながら、膝を抱えてもじもじと足をすり合わせる。

「匠、どうだった？」

指の股を優しく拭かれて、腰のあたりがぞくっとする。くすぐったいのとは少し違うその感覚に戸惑いながら、曖昧に首を捻った。

「……っ、いいんじゃない。多分」

「そっか、よかった。じゃあさっきくらいの感じでいいのかな。ありがと」

手洗ってきて、と言われて再度キッチンへと向かう。手を洗いながら、まだ心臓がどきどきしていることを自覚した。春臣に礼を言われることは、なにもない。

――春臣は真剣にやってんのに……マネージャーの俺が変な妄想してるとかって馬鹿じゃないの……？

春臣が科白を言っていたかどうかも思い出せない。ただ、舌と歯の感触だけがやけに鮮明で、他のことを思い出そうとすると体がざわざわする。

妄想というほどには、なにか具体的な想像はできなかった。ただ、よくわからないがなんか色っぽいことなんだろう、というのはわかったので、台本の意味もきっとそういうことなのだろう。

「匠、他のシーンの読み合わせ付き合ってよ」

「あ、うん」

それなら、と手を拭いて春臣の元へ戻る。

マネージャーのくせに力及ばず、それどころか変な気分になってしまったことに、内心愕然《がくぜん》としながら、台本を開いた。

「――春臣！」

それから数日後、春臣のマンションのドアを開くのと同時に、匠はたまらなくなって叫ぶように名前を呼んだ。今日は一日オフの予定である春臣は、きょとんと目を丸くしている。

「なに？　どうしたの」

ひとまず玄関先に入れてもらい、靴も脱ぐ前に春臣の腕を取る。

「オーディションの話が来た！　映画の！」

「えっ」

舞い込んで来たオーディションは、週刊少年漫画誌で連載されている大人気漫画を原作とした実写映画だ。アニメ化は既に大成功を収めており、原作の単行本も売れ続けている。ついに実写映画の話が浮上したということで、各芸能事務所にオーディションの通達が出た。

先日、匠が目を通していたオーディションの予定一覧の中に入っていたものだが、可能性は低いだろうと思いながらも応募しておいて正解だった。

その、主役のオーディションに呼ばれたのだ。

「ああもうなにから説明しよう！　おじゃまします！」

もつれるように靴を脱いで、春臣の腕を引っ張ってリビングへ移動する。そして、手に持っていた大きい茶封筒をテーブルの上に広げた。

「来たよ、主役のオーディションが！　ついに来た！」

「……それ本当？」

「本当！　本当だよー！」

興奮しすぎて、うまく言葉が出てこない。落ち着けと思う一方で、これが落ち着いていられるか、という思いも湧いてくる。鼻息荒く、台本を春臣の手に渡した。

春臣はオーディション用の台本を手に取り、そして表紙に「此岸《しがん》と彼岸《ひがん》」と書かれた作品タイトルを見て瞠目《どうもく》する。春臣が原作漫画が好きで単行本を全部揃《そろ》えていた作品だ。

公開予定は来年だ。タイトルだけで話題作になることは間違いないし、きっと大作になる。

それから春臣は台本に羅列してある制作陣の名前に目を走らせた。

春臣の飴色《あめいろ》の虹彩《こうさい》が、少し色濃くなったような気がする。気分が高揚していることのあらわれだ。

——嬉しい。

春臣が嬉しいのが、嬉しい。

「匠、俺絶対役獲《と》れるように頑張——」

台本から目を離した春臣が、ぎょっと顔を強張《こわば》らせる。どうかしたのかと訊こうとして、声が喉に詰まった。

ぽろぽろと両目から零《こぼ》れる涙に気づいたのはそのすぐあとで、慌てて目元を拭う。春臣が優しげな笑顔のまま、息を吐いた。

「まだ受かってもないのに、泣くの早いって」

「ち、ちが……」

はいはい、といつも面倒を見てもらっている側の春臣が、匠の目元をティッシュで拭ってくれる。

――泣くよ、そんなの。

再会したとき――ステージに立つ彼を見たときは、本当に驚いた。失望したというより、愕然としたし、悲しかった。昔は、匠の前であんなにキラキラしていたのに。楽しそうだったのに。

そして、せっかくスポットライトの当たる場所にいるのに、春臣の魅力が見ている側に伝わらないことが歯がゆかった。

きっとまだ匠の仕事も春臣の仕事も、始まったばかりでしかない。けれど、これが受かっても受からなくても、大きな一歩を踏み出していることには間違いがなかった。

「もー、泣くなって」

春臣の両腕に抱きしめられて、ひくっと喉が鳴る。驚いただけだったが、泣いていたせいでしゃくりあげたように聞こえたのかもしれない。

春臣は子供にするように、ぽんぽんと匠の背中を撫でさすった。ほっと息を吐き、鼻をすする。

「だって……仕方ないだろ。やっと、春臣が認めてもらえた気がしたんだもん」

春臣は、長らく事務所に干された状態になっていた。それを禊だと誰かが言った。事務所の方針と合わない営業を続けて、散々嫌味を言われ、お前の営業プランは春臣のためにならないと怒鳴られることもあったけれど、間違っていなかった。

達成感もあるし、それと同じだけの安堵感がある。

きっと同じだけ、もしかしたらそれ以上にひどいことを言われていたかもしれない春臣は、手探りで突き進む匠になんの文句も言わずについてきてくれた。

「……ありがとう、春臣」

ぎゅっと背中を抱く腕に力を込めて言えば、春臣は一度強く抱き返した後、ぱっと体を離した。

「だから、まだ受かってもないのに最終回みたいな空気やめなって」

軽く匠の頭を小突いて、春臣が笑う。つられて、頬が緩んだ。

「……俺たちの戦いはこれからだ！　って感じにすればよかった？」

「それも最終回だろ」

二人で顔を見合わせて笑う。春臣は匠の髪を撫でて、「お茶飲む？」と言ってくれた。

「あ、俺買ってきた。ペットボトル。今飲まないやつは冷蔵庫に入れといて」

鞄《かばん》から取り出したペットボトルのお茶を五本並べると、春臣は三本を手にとってキッチンへ向かった。涙で濡れた顔を拭って匠はカーペットの上にあぐらをかく。

テーブルの上に載った企画書と台本をじっと眺めていると、戻ってきた春臣に「どうした?」と訊かれた。

「いや……なんか、肩の荷がひとつ下りたみたいな気分で」

安堵からくる言葉が思わず零れる。不意に強く肩を掴まれた。

びっくりして春臣を見ると、困惑したような顔でこちらを見ている。

「春臣?」

「肩の荷が下りたってどういうこと?」

硬い声音に、今度は匠が戸惑う番だった。

「いや、肩の荷が下りたって言っても、ひとつだけだよ? やっと映画に出してもらえるまでになったんだなって。事務所が許すくらい世間が認めてくれたんだって思ったら感慨深くて」

「……それだけ?」

「それだけって?」

もう現状で満足しているのかよ、という意味だろうか。

それならば、そんなつもりは毛頭ないとにやりと笑う。

「もちろん現状で満足なんて、そんなもんしてないよ、これからもガンガンいくよ俺は！　春臣が疲れないけど充実してるって程度にガンガン！」

　ガンガン、と言いながら拳を振ると、春臣は苦笑した。

「……なるほど、了解」

「でもさぁ」

「でも？」

「このオーディションの話が出たあとに社長に呼ばれたんだけど。そのときに、担当替えしないかって」

「……は？」

　春臣たちではなく中堅どころでそれなりに売れているタレントたちのマネージャーにならないか、という打診だった。コンスタントに仕事は来るものの、言い方は悪いが伸び悩んでいるタレントたちの可能性を見出すことが目的のようだ。

　社長は元々匠の営業方針については異論を唱えてはいなかった。

　春臣を含めた他のタレントで結果を出したからこその抜擢《ばってき》なのだろうとは思う。

　ＹＤＳプロダクションでは部署異動も含めて、あまり担当替えも行われない。

「そうなると、社長が完全に俺の営業のやり方にゴーサインを出してるってことだから、社内がちょっと変わるかもしれないよね」

笑って話せば、春臣が眉を顰《ひそ》めている。

「……それで、匠はその話、受けたの」

不安げに問われて、頭を振った。

「いや、断ったよ」

返答に、春臣はうつむき加減だった顔を上げた。その表情は喜んでいるようにも見えるし、焦っているようにも見える。恐らくその両方で間違いはないのだ。

「どうして。出世みたいなもんだろ、それ」

「そうだね。でも」

確かにありがたい話なのかもしれない。けれど、まだ春臣のマネージャーでいたかった。

「まだ、今のままでできることも沢山あるはずだし、春臣たちのことまだ見ていたいから」

社長には、匠がこのまま新しい道を開拓していけばいずれは会社のためになり、ひいては春臣のためになると口説かれたけれど、それでは駄目なのだ。

春臣と一緒にいたいという気持ちももちろんある。

でも今は仕事が楽しくて、やりがいだって持っていて、だからこそ中途半端で投げ出したくないという思いが強かった。

ちらりと、春臣の顔を見る。

——言うタイミング、間違えたかもしれない。

幼馴染みで友人だから、ということ以上に、マネージャーが担当を離れるということがどれだけ動揺させるのかということをわかっていなかった。

「俺のマネージャーやめないで。お願い」

——断ったから、って言ったたって不安は残るよな。失敗した。さっき「肩の荷が下りる」とか言っちゃったから余計に……。

正直なところ請われること自体に嬉しさはあるが、憂慮させてはいけない。どうにか不安を払拭させたくて、殊更に明るく笑顔を作る。

「大丈夫だって。社長もわかった、って言ってくれたし、単にそういう話が出たってだけだから」

「……そうなの？　でも、社長は納得してないかもしれないじゃないか」

「そんなことないってば。ごめん、変なこと言って心配させて」

大丈夫だよ、と言うと、春臣はやっとほんの少しだけ笑い、「わかった」と頷いてくれた。


「——春臣、聞いてる？」

運転しながら、後部座席に座る春臣に問いかける。ドラマの撮影現場に向かう車の中でドラマの台本に目を落としたまま、けれどそのページはずっと動かさないままに固まっていた春臣は「え」と顔を上げた。

いつも楽しげにしていた春臣が、まるで魂が抜けたようになっている。

——それに、前はどれだけ注意しても絶対助手席に来ようとしたのに。

注意する必要もなく、春臣は後部座席に座るようになった。タレントなのだから、安全な後部座席に座るのが正しい行動ではあるのだが、聞き分けが良すぎて不安も覚える。

「もしかしたら、撮影時間ちょっと遅れるかもしれないんだって。前の現場が押してる人がいるみたいで」

「……そう、わかった」

ぽつりと呟《つぶや》き、春臣は鞄から映画のオーディション用の台本に視線を落とした。

オーディションに呼ばれてからまだ三日、その間に何度もめくっているおかげで台本は少々よれている。もう完全に暗記は済んでいると言っていたのに、このところ春臣はずっとそれを眺めていた。

——初めての映画のオーディションだし、気負ってる……だけなら、いいんだけど。

バックミラーで春臣の表情を確認する。今度はきちんとページをめくっているので、ちゃんと読んでいるのかもしれない。

気負いすぎもよくはないが、集中しているのなら邪魔するのも悪い。

撮影所に到着し、駐車場に車を停《と》める。着いたよ、と声をかけるも、春臣は動かない。振り返って「春臣」と呼ぶ。春臣ははっと顔を上げた。

「春臣、具合悪い？　少し時間あるから、なにか薬買ってこようか？」

そう言うと、春臣は笑顔を作って頭を振った。

「大丈夫、別に具合悪いわけじゃないから。匠、次の現場あるんでしょ？　そっち行かないと」

でも、と口にした匠にもう一度「大丈夫」と言って、春臣はシートベルトを外して車を降りる。逡巡《しゅんじゅん》しながら、匠もドアを開いた。

春臣のもとへいって、その首元に手を当てる。一瞬春臣の肌がぎくりと強張ったが、熱はなさそうでほっとした。脈拍も特段速くはない。

「春臣、本当に平気？　……なにかあるなら言ってよ、俺マネージャーなんだから」

「っ、大丈夫だってば」

はねつけられるように手を振り払われ、二人揃って硬直する。なんと言ったらいいかわからず見上げていたら、春臣がいつものような無邪気な顔で笑った。

「ごめん、勢いついちゃった。ほんとに大丈夫。匠は遅刻するわけにはいかないんだから、早く次の現場行かなきゃ」

ね？　と首を傾げて念を押されて、匠は迷いながらも引くことにした。

「わかった。……でも、本当に体調不良のときは言ってよ」

「はいはい、わかったってば。心配性。ほら、早く行った行った」

肩を摑んで押され、運転席の方まで押しやられる。大丈夫だと言うのならば、これ以上の追及は難しい。

気になりながらもわかったよと頷き、車に乗った。


春臣を送ったあとは清瀬の現場に顔を出し、それから会社へ戻って企画会議を終える頃には既に午後八時を回っていた。

そろそろ春臣の現場も終わる頃かな、と携帯電話を取り出すと、メッセージが届いていた。そこに表示された「春臣」の文字に、どきりとする。

画面をスワイプすると、メッセージが届いたのは五分ほど前だったようだ。

そこには一言『もし可能だったら迎えに来て』と書かれている。その文面に、おや、と首を傾げる。

――珍しいな。春臣がこういう言い方するの。

公共交通機関の動いていない時間はともかく、いつもの春臣ならば「一人で帰るから平気」もしくは「匠と一緒にいたいから迎えに来て」と調子のいいことを言ったりする。

どういう請われ方でも文句もなく迎えに行くのだが、平素と違った様子を怪訝に思った。

――やっぱり、担当替えの話が響いてるのかな。

誤解は解いたはずなのにまだ気にしているのか、或いは体調を崩してしまったか。事務所の車を借りて撮影所へ向かうと、休憩室に春臣と、共演者の俳優と女優がちらほらと残っていた。和やかというか、やけに浮き立ったムードだ。

お世話になっております、と頭を下げれば、彼らも会釈を返してくれたり、黙って手を上げたりしてくれる。

今日はあの「指を嚙む」ドラマの撮影だったので、相手役の女優にお世話になりましたと頭を下げた。若手だが色っぽさのある女優が、「こちらこそ」と会釈をしてくれる。

春臣は立ち上がり、彼らに「ありがとうございました！」と元気よく頭を下げて、匠のもとへやってきた。この現場に来るのは初めてだったが、俳優陣から「あ、あれが噂《うわさ》のマネージャーか」と言われて恐縮してしまう。

春臣の現場は割といつも和やかムードだが、今日はそれをより強く感じた。

「ありがと、匠。帰ろ」

「あ、……うん」

元気な様子を見てほっと胸を撫で下ろし、今度は二人揃って俳優陣へ「お疲れ様でした」と頭を下げて辞す。朝はぼんやりしていた春臣の顔は、むしろ今のほうが元気そうに見える。何かを吹っ切ったような、そんな表情だ。

「やけに楽しそうだね」

「うん。なんか今日の現場すごかったから盛り上がった」

具合が悪くなったから迎えに来てと頼まれたのかと心配していたが、どうも違うようで、内心首をひねった。春臣は、やっぱり後部座席のドアを開けてさっさと座ってしまう。

匠も車へ乗り込み、エンジンをかけた。

車を走らせながら、ちらりとバックミラーで春臣の様子をうかがう。朝とはうってかわって、春臣は窓の外を見ていた。魂の抜けたような様子ではなく、けれど物思いに耽《ふけ》るように、流れる夜景を眺めている。

「……春臣」

「ん？」

今朝と違い、すぐに反応が返る。

「最近、助手席に乗らないね。前はあんだけ言っても、絶対助手席乗ってたのに」

色々気になることはあったのに、そんな質問をしてしまう。春臣が少しの間を置いて、それから芝居がかった様子で長い足を組んだ。

「寂しくなっちゃった？」

「馬鹿」

まさに図星だったので内心動揺しながら言い返す。ふ、と春臣が笑った。

「俺だってね、色々考えることがあるんだよ」

「色々って？」

「秘密」

くす、と笑って、春臣は再び窓の外に顔を向ける。話す気はない、ということらしい。

なにを隠されたのかは少々気になるのも本音だが、このところの様子を心配していたので、気分が浮上している春臣に安心する。

——ちょっと元気になってるっていうか……なにか、心配事がなくなったのかな？

それならよかったとひっそり胸を撫で下ろしながら、匠はハンドルを握る。

数十分の距離を走らせて、二人を乗せた車はマンション前まで到着した。着いたよ、と声をかけてシフトをパーキングに入れると、春臣が無言のまま車を降りる。ドアが閉まったのを確認し、上げていたサイドブレーキをおろそうとしたら、助手席側のドアが開いた。

「えっ……!?　春臣!?」

戸惑う匠をよそに、春臣は助手席に乗り込んでしまう。シートベルトを締めないので、どこかに連れて行ってほしい、ということではないのだろう。

ただ、春臣はまっすぐフロントガラスのほうを見ていて、どういう意図があるのかもわからない。春臣、と声をかけようとしたところで、彼の方から先に口を開いた。

「あのさ、匠。……お願いがあるんだ」

「お願い？　なに？」

問い返せば、春臣は口を噤《つぐ》む。再び沈黙が落ちた。そして、鞄の中から台本を取り出す。今日撮影したドラマではなく、映画のオーディション用の台本だ。それを手に、春臣がこちらを向いた。

「もし……もし、俺がこのオーディションに受かったら、ご褒美が欲しい」

「ご褒美？　いいよ」

自分の給与で賄えるものであれば、なんでもあげたい。

そんな思いで即座に頷いた匠に、春臣はがくっと項垂《うなだ》れた。

「春臣⁉　どうしたの」

「……いや、そんな安請け合いしていいの？」

「別に安請け合いってわけじゃないよ。春臣の『お願い』なんだから、なんでもきくよ、俺」

お願いされたら、断れない。今も昔もずっとそうだ。法に触れることでなくて、自分のできる範囲のことであれば、なんだってする。

そんな決意を胸に肯定したにもかかわらず、春臣は目を閉じて天井を仰いだ。そして、特大の溜息を吐く。

「なんだよ、断ってほしいの？」

「いや、断ってほしくはないけど……もうちょっと考えてほしいっていうか……言い方を考えてほしいっていうか……」

「なにをわけのわかんないことを。お願い聞いてほしくないなら、聞かないよ」

意地悪を言ってやれば、春臣は「嘘《うそ》です、聞いてほしい」と首を振る。その様子が可愛くて吹き出した匠に、春臣も笑ってくれた。

「よかった」

思わずそう呟くと、「なにが？」と春臣が問う。

「ここんとこ変だったから」

言おうかどうしようか迷ったが、このところやきもきさせられていたので、つい素直にそう言ってしまった。

春臣は目を丸くして、それから頭を掻く。否定するかと思ったが、存外素直に「ごめんね」と認めた。一方で、やっぱり含むところがあったんだ、と胸が冷える。

春臣はシフトをずっと摑んでいた匠の手の上に、自分の手を重ねた。

「ごめん。……でも、吹っ切れたから」

「吹っ切れたって、なにが」

「色々、悩んでたんだけど……今日、思うところがありまして。それでまあ、とにかく自分の中では解決したから」

「そっか」

一人で抱え込むよりも話す相手がいるのはいいのだが、悩んでいることがあるならやっぱり相談してほしかった。匠は恋愛的な意味でも春臣のことが好きだけれど、それ以前に幼馴染みで友人で、マネージャーなのだから。

でも、春臣の中でなにかが解決したのであれば、それにこしたことはない。よかった、と安堵する。

それから春臣は仕切り直すように「よし」と言って、車のドアを開いた。

「じゃあ匠、気をつけて帰ってね」

「うん、春臣も。すぐそこだけど」

春臣は「いつもそれ言うね」と苦笑してドアを閉めた。彼がすぐに運転席側に回ってきたので、ウインドウを開ける。

「さっきの『お願い』の件、忘れないでね」

「うん、もちろん。オーディションの発表までに、欲しい物考えておい――」

春臣は目を細め、匠の頰に触れる。輪郭を確かめるように撫でて、「おやすみ」と言った。

鼓膜をくすぐる低音に、首のあたりがざわつく。

「お、おやすみ」

ひらひらと手を振って、春臣がマンションの中へ帰っていく。自動ドアを通って振り返り、今度は大きく腕を振った。

小さく手を振り返し、車を発進させる。触れられた場所がいつまでもほかほかとあたたかい。

今のはなんだったんだろう、と思いながらも、冬になったら使い捨てカイロかあたたかい飲み物かなにかでああいうCMに出演しないかなぁ、と妄想した。


そのやりとりの約二週間後に劇場版「此岸と彼岸」のオーディションが行われ、結果は更に一週間後に出た。

オーディションに呼ばれはしたものの、他に候補がいる以上、普通は確実に合格するというわけではない。そして、試験などと違い、「合格発表」というものがあるわけでもなければ、明確にいつ頃結果が出るのかもわからない。返事を待っていて、気がついたらオーディションを受けていたはずの映画や舞台の告知がどこかでされていた、などということはよく聞く話だ。

一報を受け取ったのは、事務所の社長であった。恐らく制作サイドの上のほうから直接連絡を受け取ったのだろう。どたばたとオフィスへやってきて、「春臣、合格だって！」と叫んだ。

匠は思わず席を立つ。椅子を倒しそうになり、慌てて背凭《せもた》れを支えた。

おお、とオフィス内がざわつく。チーフマネージャーをはじめ、社員は所属タレントの出演番組や、現在受けているオーディションなどのことは把握している。皆、それなりに春臣のオーディションの行方は気になっていたようだ。なにせ今回は、受ければ落とされることがほぼないYDSプロダクションのいつものオーディションとはわけが違う。

足がもつれそうになりながら、匠は社長のもとへ駆け寄った。本当ですか、と訊きたいのに、驚きと嬉しさで胸が詰まって声が出ない。

けれど社長は察して「本当だよ、合格だ」と答えてくれる。

「ありがとうございます……！」

その場にくずおれそうになって、しゃがみ込む。周囲から、拍手が上がった。普段は匠に対して思うところもあるだろう人たちも、オーディションの合格を祝ってくれている。

「春臣は、ここんとこ調子もよかったしね。連ドラもすごく話題になったから」

「ありがとうございます、本人も喜びます」

春臣がレギュラーで出演していたドラマは、先日クランクアップしたところだ。SNSでも大変話題になっていて、春臣の評判はとてもいい。

春臣目当てに見ている視聴者も一定数いる。コアなファンを除いても「演技がうまい」「顔が抜群にいい」「昔からいたけど、こんなによかったっけ?」などという意見がよく聞かれた。

そんな話題性も加味しての採用なのだろう、ありがたくて泣きそうだ。

「すぐに春臣にも教えてやりなさい」

「はい！」

ありがとうございます、と深く頭を下げる。社長はうんうんと頷きながら、今後の予定を少し確認して社長室へと戻っていった。

――春臣は今日は、バラエティで外ロケだから……メッセージだけ送っておこう、ひとまず。

本当なら電話したいところだが、万が一収録を邪魔したら困るので、我慢する。

オーディションに受かった、という旨を送るだけで、嬉しくて口元が緩んだ。その文面を見た春臣は、一体どんな顔をするのだろう、と実物が見られないのが悔しくなる。

すぐにでも春臣に伝えたい、と内心うずうずしていたら、背後を通った石塚に「禊が済んでよかったな」と言われた。

「またその話ですか」

このところ、春臣はドラマや舞台に多く呼ばれている。ＹＤＳ関連でもそれ以外でも、どんどん数は増えていった。

春臣の演技力は高く評価され、漫画原作のドラマに出演した際は、原作者がＳＮＳで描いた撮影見学のレポート漫画がバズって、大きく注目を浴びたほどだ。

そんな現状もあり、会社の言うところの「禊」を無視して営業に奔走していた身としては、今更禊がどうのという話をされるのも面白くない。春臣は努力もしてきた。

――それは俺が知ってるし。

がたっと音を立てて立ち上がると、別に殴りかかろうとしたわけでもないというのに、石塚がぎくりと身を引く。そんなに怯《ひる》むくらいなら言わなければいいのに、と思ったが口には出さない。

「こらこら、なに喧嘩《けんか》してるのお前ら」

のんびりと割って入った声は、社長だった。声を揃えてすみませんと頭を下げると、社長はちょいちょいと匠を呼んだ。

石塚の横を通り、社長の後ろについて社長室へと向かう。ドアを閉めるなり、久しぶりに声をかけてくれた社長は「よかったね」と言った。

「……春臣は、よく頑張ったと思うよ。いや、途中から頑張り始めたんだけど。あの子のやる気を出させてくれてありがとう。大江も頑張ったね」

社長の言葉に涙ぐみそうになって唇を噛み、背筋を伸ばす。

「いいえ。僕は全然。……ひとまず、関係各所に挨拶回りに行ってきます。それから、ひとつお願いが」

「お願い？」

「春臣のわがまま、なにかひとつ聞いてやってくれませんか？　……ものすごくお金のかかることではないと思うので、なにか」

春臣は、匠に「ご褒美が欲しい」と言った。もちろん自らもやるつもりだったが、社長への

「お願い」は春臣が望んでいるというよりは匠の社員としてのお願いでもある。

先程は石塚に絡まれてむっとしてしまったが、事実「禊」が必要だと思われていたのは間違いない。だから、社長から春臣や周囲に対して「もういいよ、禊は済んだんだよ」と表して終わらせてほしい。そういうお願いだ。

社長はほんの少し気まずさを顔に滲ませながら、「わかった」と頷いてくれた。

ほっと胸を撫で下ろし、匠は頭を深く下げる。

「ありがとうございます」

「これで、『禊』が済んだって認めてくれるといいんだけどね」

やれやれ、と言いながら社長は応接セットのソファに腰をかけた。

「……禊って」

そもそもどうして社長は――と問うてよいものかどうか、逡巡する。

その内心を読み取って、社長はうん、と頷いた。

「まずそれは僕が課したわけじゃないというか……だけどそうでもしないと顧客や他のタレントや社員が納得しないからね。社会的には必要だった」

だからこそ、社長の一存で「はい終わり」とするわけにもいかなかったのだろう。今は、それがわかる。

「あの、昔、映画でご迷惑をかけたとうかがったことがあります。春臣は、一体なにがあったんでしょうか」

匠の質問に、社長は意外そうな顔をした。

「そういう話って、したことも聞いたこともなかったの？」

「はい。あの、終わったことをいつまでも言っていてもしょうがないし、春臣は同じ失敗をするようなやつではない、と思ったので」

事実、一緒に仕事をし始めてからの春臣は、仕事に対して積極的とは言い難かったものの、他者に迷惑をかけたことは一度もない。

だから、「映画関連の仕事で迷惑をかけ、怒らせた」という概要だけは知っている。

「そうか、あの子も自分の失敗の話はしたくないだろうしねえ」

それじゃあ、と言って社長が話し始めた内容に、匠は愕然とした。

以前——匠が入社するよりも前に、春臣に映画の主演の話があったこと。企画が進み始めていたところ、春臣が突然姿を消したこと。やがて連絡が取れたが、先方も事務所も憤慨し、春臣は他の仕事も全て白紙になりデビュー自体が先送りになったままになったこと。

禊が必要になった経緯は、単に「トラブルを起こした」「仕事でやらかした」ということだけを聞いており、詳しくは聞いたこともなかった。春臣に訊いたこともなかったし、周囲も詳細までは話さなかったからだ。

過去を振り返るよりも、今は前を向いて走るほうが建設的だとそう思っていた。

「嘘」と思わず呟くと、「嘘なものか」と返ってくる。

「こんな嘘ついてどうするの。結構大きな仕事を新人が飛ばした……まあ飛ばしたっていっても広告うちかけてただけで作品自体が飛んだわけじゃないからね。あれは何年前だったかなぁ……」

ええと、と社長が腕を組んで思案する。

「ああ、そうそう。まだ高校生だったよ。あの子」

「高校……」

「卒業する年……だったかなぁ。春臣が十八の秋くらいだな、多分」

その言葉に、心臓が大きく跳ねた。

十八歳の秋の時期といえば、決して忘れられない、匠の人生において大きな転換となった出来事があったからだ。

母が過労と持病の喘息《ぜんそく》で倒れ、長く入院した。——そのときにずっと傍にいてくれたのは、春臣ではなかったか。

「小関《こぜき》Pに訊いてご覧」

「小関さんに……？」

「挨拶回りするんだろう。謝罪とお礼がてら、そのときにでも訊いてみるといいよ。あのとき、小関Pも関わってたからね」

に遠く聞こえた。

　頭からざっと血の気が引く。

「普通は事務所を変えたりそのまま消えたりしていくもんだけど、春臣はずっと頑張ってたね」

　そんな社長の科白を聞きながら、呆然《ぼうぜん》と匠は社長室を辞した。部屋を出たら、社員たちが再びおめでとうと声をかけてくれて、けれどそれを受け止められなくて、匠は曖昧に笑って返事をしながら、事務所を飛び出した。

　社屋から出て、いてもたってもいられず小関に電話をかける。彼はすぐに電話に出た。

　いつもどおり丁寧に挨拶をし、オーディション合格のお礼などを述べてから、本題を切り出す。

「あの……禊の件なんですけど」

　社長から聞いた内容を訊《たず》ねると、小関はあっさりと「そうだけど」と答えた。

『なんだ知らなかったの？　本当だよ。だってそのときも俺ちょっと関わってたし』

　動揺のあまり呼吸がままならず、無意識に自分の胸を手で押さえた。

「小関さんは、どうして……」

　どうして、それでも春臣に声をかけ続けてくれたのか。その答えも、またあっさりと返ってくる。

『仕事してるとわかるけどさ、ただなんとなくで仕事飛ばしたんじゃねえんだろうなって。なんか事情があるんだろ？　あいつが喋らないっていうのはそういうことなんだろ、多分』

小関の言葉が、今はひたすらに胸に刺さる。

なにもわかっていなかった。春臣のことは一番知っている、一番好きだなんて自負していたくせに、なにも知らなかった。

『禊もこれで完全に終了ってことでいいんだよな？　今年は露出がどんと増えたし、映画も間違いなく注目される。今が踏ん張りどきだ。頑張れよ』

上機嫌のプロデューサーはまだ喋っていたが、頭の中に言葉が入ってこなかった。どうにか愛想よく相槌《あいづち》を打ち続けて、礼を言って電話を切った。

呆然とし、手の中の携帯電話をただ見つめる。

――俺のせい……？

少し考えればわかることだった。あの頃の春臣は上り調子で、仕事で連日家に帰ってこないことも多かった。それなのに春臣は、母が入院してから退院するまで、毎日ずっとそばにいてくれていたのではないか。それまで、あまり匠の家にも顔を出せないくらい忙しかったはずなのに。

唇を噛み、うつむく。

——春臣は、今も昔も俺を責めたりしない。……だから、そういうことなんだ。

冗談でも「お前のせいで」と言われないことが、却って匠に原因があるのだと裏付ける。

ただひたすらに、能天気に仕事をこなしている匠を、春臣はどう思っていたのだろう。

——違う、春臣は本当に俺を責めてない。責めるつもりがないから、今も……きっとこれからだって黙っているつもりだったんだ。

いっそ責めてくれたのなら、と自罰的なことを考えるのは、春臣が決してそうしないとわかっているからだ。

——春臣は、誰にも本当のことなんて言ってない。

社長も、何故春臣が仕事を放棄したのか、というその原因までは知らないようだった。だから罰がやたらと重かったのかと納得する。黙っているばかりでなにも言わないから、余計に怒る人もいたのだろう。

消え入りたいほど恥ずかしくて、情けない。映画で遥《はる》か高くまで浮いていた気持ちは急降下してめり込む。目眩がしそうだった。

春臣を支えて押し上げた、そう自負していた己こそが、春臣の最初の躓《つまず》きだったなんて、思いもしなかった。

マネージャーでいて、と請われたことを喜んでいる場合ではなかったのに。

俺のマネージャーやめないで。お願い。

そう請うたのは、遅かれ早かれ匠が「禊」の理由を知ると思ったからだろう。あるいは別の理由かもしれないが。

もはや息をするのも辛《つら》くてしゃがみ込む。

どれくらいそうしていたのか、春臣から電話がかかってきたのでのろのろと立ち上がった。逡巡しながらも、通話ボタンをタップする。

『――匠？　メッセージ見たよ！　合格したって本当⁉』

いつもは冷静な春臣が、珍しく声を弾ませている。つられて頬は緩んだが、より絶望的な気分に陥った。

鈍い反応を怪訝に思ったか、『匠？』と名前を呼ばれる。

「うん、聞いてるよ。合格したよ」

おめでとう、と言う自分の言葉は震えていないだろうか。きちんと声に出せているだろうか。

『どうしたの？　なんかあった？』

それでも心配そうに問われて、なにもないよと返すが白々しい。

先程の情報を知ったばかりの匠と、とっくに自分の中で折り合いを付けている春臣では、態度が違って当然だ。

「ごめん、春臣」

思わず、謝罪が口から零れた。当然春臣にとってはなんのことかわからないだろう、首を傾げているに違いない。

『なにが?』

「……ごめん、今日は仕事で家にいけなくなった」

ええ、と残念そうな声が返る。

「ごめん。……本当にごめん」

うまい言い訳も口にできないまま、ただ謝罪を重ねる。

言い訳じみたものを口にしながら、逃げるように歩きだした。

『仕事ならしょうがないけど……。でも、絶対時間作ってよ』

「うん。ごめん、ちゃんと埋め合わせするから。……ごめんね、春臣」

今までごめん、俺のせいで、と喉元まで出かかった言葉を飲み込む。このままでは、到底春臣に会えない。合わせる顔がなかった。


その日は、全然眠れなかった。羞恥と後悔と申し訳なさに潰されてしまいそうだった。

けれど、朝はやってくるし、仕事も始まる。幸いなことに——そして皮肉なことに春臣のおかげでやることは沢山あった。落ち込んでいる暇などないほど、タスクはある。

それをひとつひとつこなし、また、後輩や同期に割り振りながら仕事をしていて、気付かされるのだ。

いっそ、仕事を辞めてしまったら楽になるのではないか。それが自分の「禊」なのではないか――そんな気持ちが、仕事をこなすほどに湧かなくなるのだ。

ここでやめたら、また会社にも春臣にも迷惑がかかる。

なにより、すみません辞めます、などと言って辞めるのが難しいほど、自分はこの仕事を好きになってしまった。やりがいを感じてしまった。

春臣と一緒にいられればそれでいい。春臣を愛《め》でて、推して、愛せばいい仕事というだけでは、とっくになくなっていたのだと思い知る。

やめないで、と言われたことの意味を考えると、また泣きそうになった。

オーディションの合格から、ひたすらいつもどおりに仕事をして、春臣たちにもいつもどおり接する。けれど、やっぱりいつもとどこか違うと思われたのか、映画のクランクインが始まる数日前の土曜日、春臣から「今日はスケジュールなにも埋まってないよね。今日は絶対うちに来て」と呼び出しがあった。

電話をして以来毎日家に誘われていたが、いつも「別件の仕事が」と断り続けていたのだ。

だが流石《さすが》にもう無理があるのだろう。

わかった。仕事が終わったら行くね。観念してそう返信し、息を吐いた。

今日は、担当しているタレントである清瀬の舞台の練習に顔を出した。送迎すれば少し時間を引き伸ばせるかと思っていたけれど、清瀬に「夕方で終わるし仲のいいキャストと飲んで帰るので送迎はいい」と断られてしまった。

――なんでこういう日に限って……。

いい加減に観念しろという神の思《おぼ》し召しなのかも、と詮のないことを考えながら仕事を切り上げて、春臣の自宅へ向かう。

そして、先日練習に付き合った「指を噛む」一回のオンエアを、春臣の部屋で二人並んで鑑賞することになった。

「せっかく練習付き合ってもらったから、一緒に見ようと思って」

それが、春臣の「今日は絶対うちに来て」と言った理由だった。

そう言われて断る理由もない。録画も、もちろんしている。

春臣が画面いっぱいに映っていた。ベッドに寝そべる相手役の女優の上に、覆いかぶさっている。

弟扱いどころかワンコ扱いされている春臣が、初めて男っぽい表情を見せる場面だ。普段はニコニコしていて可愛いばかりなのに、睨《にら》むような目で好きな人を見ている。けれどそれは余裕のなさの表れで、「俺、あんたの弟じゃないよ」と言いながら迫ってくるのだ。

いつもの匠だったら悶々《もんもん》としているシーンだが、いまはただ落ち着かない。

かっこいい春臣が映っているのに、全然頭に入ってこなかった。

無言の空間に耐えられず、仕事と称してリアルタイムでSNSの反応を追う。視聴者の女性たちも、いつもと雰囲気の違う春臣に阿鼻叫喚《あびきょうかん》といった様子だ。

平素はそこに混ぜてもらうような気持ちだったが、やはり春臣に対する罪悪感が先行してしまい、楽しむことができなかった。

画面の中の春臣は、色っぽいヒロインの痩軀《そうく》を抱きながら彼女の肌にキスをしている。唇には触れないところに視聴者は却ってどきどきさせられるようだ。

だが、一向に指を噛むシーンがやってこない。

最初は抵抗していたヒロインが、蕩《とろ》けるように陥落し、春臣の背中に縋《すが》る。弟っぽい、子供っぽかった春臣の背中の広さがそのシーンでわかるのだ。

そして、途中ではっと我に返ったヒロインが、駄目、やめて、と言いながら春臣の体を押し返す。それを無視してキスをしようとした春臣の顔を、ヒロインが二人の間に手を差し込んで阻んだ。ちょうど、指先が口元に触れる。真顔だった春臣は、その人差し指の先に歯を立てて、色っぽく笑った。

けれど、今はただ、黙って隣に座っている春臣の存在のほうが匠にとっては重要で、気にかかる。

ドラマのエンディングテーマを聴きながら、ぼんやりしていたら、春臣が口を開いた。

「これね、匠と練習したときと全然違っただろ」

——そう、だった？

気もそぞろで、本当に全然認識できていない。ファン第一号としてあるまじきことだと思うのに、申し訳なさと気まずさに窒息しそうだった。

答えられず、沈黙する。

なにか言わなければいけないのに声が出せず、匠は膝を抱えてうつむいた。

「——匠、覚えてる？」

「え」

問いかけに、反射的に顔を上げた。春臣が続ける。

「約束。オーディション受かったら、お願い聞いてくれるっていったよね」

「あ、うん。もちろん。法に触れないことで、俺の財力でできることだったら」

「そんなことじゃないよ。お金だってかかんない」

春臣は体勢を変えて、向き合うような格好に座り直す。

「お願い。——俺の、マネージャーでいてほしい」

春臣の要求に、匠は一瞬反応できなかった。

「え……？」

「匠がこの仕事面白いって思ってるの知ってる。周りもやっと認めてくれ始めたし、やりがいあるんだろうなって、わかってる。出世したほうが、体力的にも生活も楽になるんだってわかってるんだけど……」

不安げに言いながら、春臣は匠のスーツのスラックスをぎゅっと握った。

「わかってるけど、俺のマネージャーやめないで。お願い」

むしろこちらからお願いすべきことだ。けれど以前「肩の荷が下りた」と言ってしまってから ずっと不安にさせていたのかもしれない。

「それがお願い？　春臣に言われて入った会社だけど、今仕事楽しいし、多分向いてると思うし」

辞めさせられることはあっても、辞めることはない。

だがそう確信と自信を持って言えたのは、先日までの話だった。そんな迷いを、春臣は見抜いているのかもしれない。それで、不安に思ってくれているのかもしれない。

春臣は、匠を両腕で抱きすくめた。

「……傍にいてほしいんだ。まだ。俺、まだ匠に傍にいてほしい」

それは、仕事上での匠の役割を、認めてくれているということだ。

親友として、幼馴染みとしてだけでなく、マネージャーとして信頼してくれている。

流されるように仕事に就いて、とにかく必死に仕事をこなしてきた。失敗することも多いし、泣いたことも一度や二度ではない。

「そんなふうに言ってもらえるなんて思わなかった。……嬉しい。ありがとう」

当初は、ただ春臣の傍にいられることが、春臣をマネジメントすることが楽しかった。ただ楽しいだけだった。極論だが、そこに結果が伴わなくてもよかった。

けれど、やっと成果が出始めてくると、今度は欲が出てくる。充実感を覚えて、仕事そのものが楽しくなってきた。

仕事で報われるなんて、なんて幸せなのだろうと思う。春臣を応援したいという気持ちだけで走ってきたのに、好きなことを仕事にして、こんなに幸せなことがあるだろうかと。

だけど——春臣は、知っているのだろうか。匠が、「禊」のことを知ってしまったことを、察しているのだろうか。だからこんなふうに言ってくれるのだろうか。

前までの自分だったら、即座に「大丈夫、ずっと傍にいるから」と答えていた。

でも、もう——。

「あのね。……もうひとつ、匠に言いたいことがあるんだけど、聞いてくれる？」

明確に是と答えない匠に答えを求めないまま、春臣が口を開く。

「ふざけてなんかないからね。大真面目に言ってるから、ちゃんと聞いて」

しつこく念を押されることを怪訝に思いながら、頷く。

春臣はほっと息を吐き、それから一度深呼吸をした。

「ずっと……言いたかったことがあって。でも、俺には言う資格がないと思ってたんだ。せめて、匠に心配させないようになってからじゃないと言えないなって思ってて、それで」

そこまで言って一旦口を噤み、春臣は意を決したように匠を見据える。

きっと、禊の話なのだろう。

匠、と呼ぶ声は優しい。けれど、ほんの少し震えていた。

「──俺、匠のことが好き」

告げられた言葉に、一瞬息を呑む。

想像していたものとあまりに違っていたせいで、頭が真っ白になった。

けれど、すぐに我にかえる。都合のいいように解釈してはならないと自戒し、微笑《ほほえ》んだ。

「うん、俺もだよ」

親友のように家族のように、自分も同じように、春臣のことが好きだ。けれど、自分にとってはそれだけじゃない。その事実を口にすることは、多分ないけれど。

きっと、彼の言葉のあとにはまだなにか続くのだろう。

ワンクッションおいて、なにかを告げるつもりなのだろうと待ち構えていると、春臣の整った顔が、くしゃりと歪《ゆが》んだ。

「そうじゃないよ」

焦《じ》れるように荒い仕草で、春臣は匠の体を抱き寄せる。

「春臣？　……っ」

苦しいくらいに強い力での抱擁に、驚いて身を捩《よじ》った。けれど逃すものかとばかりに腕の力は強まり、春臣が匠の首元に顔を埋める。

どうしたのかと問おうとした矢先、皮膚に鋭い痛みが走った。

「痛……っ」

がり、と首の付け根を噛まれて小さく悲鳴を上げる。彼の行動の意味がわからず混乱していると、拘束する腕が、ほんの少しだけ力を緩めた。

「匠のことが好き。……友達とか兄弟みたいにだけじゃなくて、恋愛的な意味で、俺は匠が好きだ」

ちゃんと聞いてとばかりに大きな声で説かれ、目を瞬く。

「……子供の頃から、好きなんだ。ずっと、匠だけが好き」

言葉を噛み砕いて理解しようとしたが、躊躇《ちゅうちょ》する。

信じられない、という気持ちは、春臣の誠意を疑っているというよりも、自分が彼に不釣り合いだという気持ちが強いからだ。

「なんで、そんな」

そんなことを、このタイミングで、今言うのだろう。

もしかしたら、数日前だったら素直に受け止められたかもしれない。けれど、春臣が苦労したのは自分のせいだと知ってしまった今、申し訳なさが先に立つ。

「……俺、そんなふうに言ってもらう資格ない」

「資格って、そんなの誰が決めるんだよ」

「だって、春臣、俺のせいで……っ」

　声に涙が滲み、ぐっと奥歯を噛みしめる。春臣が戸惑っているのが、触れ合う感触から察せられた。

「俺のせいって、なにが匠のせいなの？　俺が今、仕事をもらってるのは匠のおかげだろ？　みんなそう言ってるのに」

「そうじゃないよ。それだって、仕事がもらえるのは春臣自身の魅力とか努力とかで、俺はただその手伝いをしてるだけで……そのことじゃなくて、俺のせいで、春臣はずっと」

　春臣は、腕の力を緩めて、そっと身を離した。至近距離にある顔はやはり見惚《みと》れるほど格好良くて、なんだか泣きそうになる。

「……聞いたの？　誰から？」

　明確に言わずとも察した春臣に、やはり事実なのだなと思い知る。

　社長から、と告げると、春臣は小さく息を吐いた。

「そのうち、誰からか聞くとは思ってたけど……そっか」

「春臣、だから俺」

　とりとめのない言い訳や謝罪を口にしようとした匠の唇に、春臣の人差し指が触れる。ただそれだけで言葉をなくした。

「俺の話、聞いてくれる？」

そう問われれば、断ることなどできるはずがない。こくりと頷いた。

「まず、俺の仕事がなくなったのは匠のせいじゃないし、匠のママさんのせいでもないよ。……俺も、ママさんには本当にお世話になってたし、あのとき匠を一人になんてしておきたくなかった。そこに二人は関係なくて、それは、俺の意志だから」

春臣が、はっきりとそう告げる。

そんなはずはないと思う。けれど、その言葉がありがたくて、涙がこみ上げてきそうになった。

「でも、そんな状態でも仕事続けるくらい……今の仕事好きだったんだろ」

干された状態で会社に所属し続けるのは辛い。けれど、覇気がなくなってさえも続けていたのは、芸能の世界が好きだからだったのだろう。

それを奪ったのは自分であることに変わりはない。やる気がない、だなんて怒った過去の自分が身勝手で泣けてくる。

けれど、返ってきたのは意外な科白だった。

「違う。——俺が仕事を続けてたのは、匠のためだよ」

「え……？」

「匠のために、匠に見つけてもらうために仕事をしてた」

再会したとき——一方的にステージの春臣を見ただけだったが、そのときの気力のない様子は、本当にやる気がなかったからだったのだ。ただ、匠に見つけてもらうためだけに立っていたのと同じだ。

「匠、幻滅したんだろ。……俺が、全然駄目で」

「え？　俺が春臣に幻滅？　するわけないだろ、そんなの！」

誰になにを言われたんだと問い返せば、春臣が顔を歪める。

「……だって、俺が脇役になっちゃったから、だから声もかけずに帰ったんだろ」

一体なんの、いつの話だと記憶を辿《たど》る。

春臣は、匠たち親子に付き添っていて映画の顔合わせをすっぽかし、そのあとも事務所からの連絡を無視し続けていたせいで、完全に干された状態になった。匠に、そのことを言いもしなかった。

それから、バックステージや事務所の雑用などをこつこつとこなし、やっと舞台に立ったのが、匠が声をかけられずに帰ってしまったあの日だったのだ。

「仕事やめたら、匠が気に病むと思って。……でも」

一度は映画の主演のオファーまできた春臣がもらえた役は、脇役と呼ぶのもおこがましいほどの端役だった。それでもやっと舞台に立てたからと匠を呼んだが、公演後に会いに来てくれないどころか何度メッセージを送っても返信がない。やっと返ってきたと思えばそっけなく、春臣は「あ、俺が全然駄目だったから、匠は幻滅したんだ」と思ってしまい、怖くて連絡が取れなくなったのだという。

「俺、そんなつもりじゃ」

「でも俺はそう思った。……だから、だんだん連絡取りにくくなって」

一方の匠は、春臣からの連絡が途絶えがちになり、ますます「一般人と芸能人じゃ住む世界が違うんだ」と思ってしまった。互いに自信がなくて、卑屈になって身を引いてしまったのだ。

あんなに一緒にいたのに、途切れるときは一瞬で、つながり続けるには互いの意志と努力がいるのだと知る。

「頑張ってれば、そのうちまた匠が認めてくれるかなって思って続けたけど……匠はもう俺に会いたくないのかも、昔のことは忘れたのかもって思って、頑張ってる意味あるのかなとか、演技もできないのにこの世界にいたってしょうがないのかなとか、色々考えて」

燻《くすぶ》っているときに、また匠が現れた。

社会的な禊は済んでいないけれど、匠がまた自分を見てくれると思ったらいても立ってもいられず、マネージャーになってくれと口走っていたのだそうだ。

再会した当初こそ、魂の抜けた人形のようだったが、一緒に仕事をするようになってからは生き生きと輝いているように匠からは見えていた。周囲も、ファンだってそう思って、応援してくれていたのだ。

「最初は、匠のためにって……匠が喜んでくれればいいって、それだけだったんだ。もう一回会えたらもういいやって。……でも、楽しくて」

ぎゅっと、春臣が唇を噛む。

「楽しくなってきて、仕事が。ドラマの仕事やってて、実感した」

演技をするのが楽しくて、やりがいを春臣は感じていた。

周囲も実力派が揃っていて、ある日、「嵌《はま》った」のだと言う。

「スポーツで言うところの『ゾーン』みたいな。そこにぱちっと嵌る感じがときどきあって、周りの演者さんもすごいねって。……俺、やっぱり続けたいって思って」

いつの日だったか、春臣を迎えにいったら、春臣だけでなく周囲の俳優陣も浮き立ったムードだったことがあった。そういえば、あれは今日放映のドラマの撮影だったかもしれない。

「映画のオーディションに受かったら、きっと俺も、匠も皆に認めてもらえる。だから『匠と仕事を続けたい』ってお願いしようって決めてた」

匠と会うということが目的で、それが自分の好意を証明するものだったはずなのに、仕事にやりがいを見出したことに春臣自身も戸惑い葛藤している様子だ。

春臣は真剣に悩んでいる。匠のことを想ってくれて、一方で自分の夢も持っていて、どちらも諦められないのだと言ってくれている。

匠は、彼の葛藤を目にしたことで自分がここにいていいのだと、ようやく思えた。

「……匠？」

怪訝そうに名前を呼ばれ、え、と返す。

春臣は、躊躇《ためら》いがちに伸ばした指先で、匠の頬に触れた。そして、苦笑する。

「ごめん、なんか……泣きそうに見えたから」

「泣かないよ」

「俺、困らせてる？　……困らせてるよね」

問いかけに、はっきりと首を振る。離れていこうとした春臣の手の上に、自分の掌を重ねた。

「俺も、好き」

びくっと春臣の手が震える。

「それは……友達として？　担当しているタレントとして？　家族としてとか、それとも」

春臣の言葉に首を振る。ごめんね、と呟いて、もう一度頭を振った。

「全部好き。……全部の気持ちで、春臣が好き――」

全てを言い終わる前に、春臣が抱きついてくる。その勢いのまま、ソファに縺《もつ》れ込んだ。

「春臣」

触れる春臣の胸元から、早鐘を打つ心臓の気配がする。

「好き。匠が好き。……ずっと、ずっと好き」

今まで、なのか、これからも、なのか、その両方なのか「ずっと好き」と繰り返すその声に涙が滲む。抱き返して、「俺もだよ」ともう一度告げた。

「諦めなくて、よかった……」

涙で上ずる声が、耳元に響く。

仕事も、匠のことも諦めなくてよかったと、春臣が泣いていた。

そっと体を離した春臣が、見下ろしてくる。やっぱり目が潤んでいて、匠は笑って、切れ長の目尻に滲んだ涙を指で拭ってやった。

匠、と名前を呼んで、春臣は匠の頭を撫でる。大きな掌が、後頭部を撫でながら項《うなじ》に触れた。

春臣の顔が近づいてくる。どちらからともなく、瞼《まぶた》を伏せた。唇と唇が、優しく触れる。

何度も何度も、春臣は触れるだけのキスをくれた。匠にとってはこれがファーストキスで、初めての感触にどきどきして息が苦しい。

唇を離し、春臣は何度目か匠の名前を呼んだ。匠はゆっくりと目を開く。

「っ、わ……」

ソファから下り、春臣は匠を横抱きに抱き上げた。びっくりしてしがみついた匠をそのまま寝室のベッドに運ぶ。

寝乱れたままのシーツの上にそっと匠を下ろして、春臣がのしかかってきた。

「……嫌なら、やめるから。言って」

首もとのネクタイを緩められる。しゅる、と音を立てて引き抜かれたネクタイが、床に落ちた。

「お願い。……駄目なら、早くそう言って」

自信なさそうに声が揺れる。けれどそんな控えめな言葉と裏腹に、春臣は答えを紡ぐ唇をキスで塞ぎ、一枚一枚匠の衣服を剝《は》いでいく。

「そうじゃないと俺、止められない」

唇の間隙で落ちた切羽詰まったその声に、背筋がぞくりと震える。

止めなくていいのだと伝える代わりに春臣の唇に舌で触れたら、一層深く口付けられた。


「あー……っ」

情けない声を上げて、匠はシーツの上でのけぞる。もう、腰から下の感覚がない。

息を切らし、涙目で視線を向けると、匠の性器を口に含んだ春臣が目を細めた。上気した頬が色っぽくもうそれだけでたまらない気分になる。

普段はクールだと言われている可愛らしい春臣の笑顔を、自分の精液で汚している背徳感たるや、筆舌に尽くしがたい。

ぱく、と開いた形のいい唇は、幾度目かの白濁で濡れていた。

「も……やめ……っ」

やだ、と嬉しげに言って、春臣は親指で濡れた唇を拭う。匠のものを根本から舐めあげて、先端を口に含み、指で会陰《えいん》を押しながら深く咥え込んだ。

熱い口腔《こうこう》内で転がされる感触に、匠は喘《あえ》ぐ。口蓋のざらついた部分は、以前指を咥えられたときに擦《こす》った場所だ。同じように、硬いところで先端を擦られる。

「う、ぅ……っ」

あのときの春臣の顔が思い出されて、指先から甘い痺れがじんじんと伝わって身震いする。指も性器も同時に舐められているような錯覚に、泣きながら頭を振った。

もう、何度春臣の口の中で果ててしまったかわからない。数分前からは、もう硬さを失って出すこともできない性器を愛撫《あいぶ》され続けている。ふやけてしまいそうだ。

最初は、風呂にも入っていないし汚いからやめてと懇願していたが、もはやそれどころではない。

「も、できな……あぅ」

会陰を押していた指が、無防備だった後ろを撫でる。窄《すぼ》まりをほぐすように撫でられ、抵抗する暇もなく指が入っていった。

「あっ……あぁ……っ」

何度も達しているその合間に、数度指を入れられていた場所は、すぐに春臣の指を咥え込む。

体液で濡れた指が、中を擦り、広げるように動いているのがわかった。

前も後ろも愛撫されていて、下腹部が苦しい。うぅ、と呻いて、匠の性器を深く咥えこんでいる春臣の髪を引っ張った。ん、と春臣がこちらに視線を向ける。

「俺ばっかり、やだ」

一瞬目を瞠《みは》った春臣は、やっと唇を離してくれる。

「……してくれるの？」

わけもわからず、とにかく現状を抜け出したくてこくこくと頷いた。

「すっごく嬉しいけど、でも……もう、全然余裕ないからそれはまた今度してね」

やだ、と頭を振ったが、願いは聞き入れてもらえなかった。

身を起こした春臣は、匠の膝を摑んで大きく開かせる。先程からずっと見られているのにも拘《かかわ》らず、その格好が恥ずかしくて息を呑んだ。

「っ……」

反射的に閉じようとしたものの、阻むように春臣の腰が押し付けられる。

時間をかけていじられた場所に、春臣の性器が当てられた。その熱さに、反射的に体が強張る。

驚いて視線を落とすと、自分とは比べ物にならない大きなものがそこにはあった。子供の頃以来久しぶりに見た、けれど大きさも形もまったく違うそれに、怯む。

「ごめん……大丈夫。多分、入る」

「多分って、……っあ」

指で広げながら、春臣が押し入ってきた。

「嘘、あ……っ、入……っ」

ぐぐ、と拒むような動きを見せるそこに、春臣のものがゆっくりと侵食してくる。上から押しつぶされているのかと思うほど、下腹に圧迫感があった。引き攣《つ》れるような痛みはあるが、我慢できないほどではない。

気遣いながら触れてくれているのも十二分にわかっていたから、唇を噛んで堪《こら》えた。幸いなことに、春臣の手指が優しく丁寧だから、苦しい時間はさほど長くはない。

――やっぱり、慣れてる……。

触れられて、嬉しい。そう思う一方で、今日に至るまで、この手は一体どれほどの人を愛してきたのかと思うと切なくて胸が潰れそうだった。

覆いかぶさる春臣の表情が、色っぽく歪む。愛《いと》しさに心が震える半面、自分以外の誰かがこの顔を見たという想像だけで嫉妬心が湧いた。

「匠、辛い？　痛くない？」

険しい顔をしていた匠を気遣って、そんな言葉をかけてくれる。

――でも、今は俺だけなんだから。いいじゃないか。

そう思うことにしよう、と春臣に両腕を伸ばした。

小さく深呼吸をして、春臣は慎重に腰を進める。

「……っ、く」

春臣は一番深くまで嵌めて、息を吐いた。その額にうっすら汗が滲んでいたので、手で拭いてやる。にこっと笑って、春臣も匠の頭を撫でてくれた。

「平気？　匠」

頷いて、臍《へそ》の下あたりを手で押さえる。

「大丈夫。……春臣がいっぱいで、嬉しい」

ほっと息を吐いたら、ぐっ、と春臣が息を詰める気配がした。そして、頽《くずお》れるように匠に覆いかぶさってくる。その体がぶるっと震えた。

「あ、あっ……やば……っ」

「春臣……？」

「んん……っ」

匠の体を苦しいくらいに抱きしめて、春臣が胸を震わせる。

あれ、もしかして、とそっとうかがうと、その顔は真っ赤だった。羞恥からか、息を詰めたからか、わからないが。

うあ、と声を上げて、春臣が体重をかけてきた。全力疾走をしたあとのように胸を喘がせながら、もう一度唸《うな》る。

「くっ……そ、情けねえ……」

――あ、やっぱり。

どうやら春臣は、本人でも予想していないタイミングで達してしまったらしい。耳まで真っ赤になっていてとてつもなく可愛いが、本当に恥ずかしそうだ。

「だいじょぶ?」

「大丈夫は大丈夫だけど……くそ、初めてでテンション上がっちゃったからって……恥ずかしい……」

声を震わせて恥ずかしがる春臣にきゅんとしつつ、匠はその背を撫でてやる。

「でも、そういうときだってあるでしょ? 俺はわかんないけど」

「俺だってわかんないよ。でも初めてなりにかっこつけたかったし頑張りたかったのに……」

「……初めてって、俺とは、だよね?」

ふと違和感を覚えて訊ねると、春臣はばっと上体を起こした。

「なんで? 俺、『匠とは初めてじゃなくて』じゃなくて『匠が初めて』だよ?」

「えっ⁉」

驚きのあまり大きな声を出してしまう。春臣も「えっ」と瞠目した。

さぞや慣れているだろう、と思っていた春臣は、どうやら本当に今日が初体験らしい。

い。

「キスは仕事上で何度もするもん。でも、こっちは仕事じゃしないし」

仕事でしたら困るだろう、と頭の中では指摘するのに、やっぱり驚いてしまって声にならない。


「でも、でも、それ以外だってすごく慣れてると思ったんだけど」

「勉強したんだよ。……好きな人傷つけたくないから、本とか動画とか見て」

肉体的にも、心も傷つけないようにと、そういう意味なのだろう。頬が熱くなってくる。

お互いがお互いの初めてになれるなんて、想像もしていなかった。

——でも、あの、春臣が。

今は知名度も上がって、女性ファンだけでなくそれなりの数の男性ファンも獲得している。役柄も、クールな役だけでなく、色っぽい役なども増えてきていた。

ファンの子にはエロい、と言われることだってある。——そんな春臣が、まさかの未経験だったとは。

——いい。

ギャップがあってすごくいい、とそんな場合ではないのに、ファンの自分が顔を出してしまう。ときめきのあまり黙りこんでいた匠に、春臣は「本当だもん」と言い募った。

「ずっと想像してたよ。匠にキスしたりとか、匠を抱いたりとかするの。中学生のときからずっと、俺のおかずは匠で」

とんでもない暴露をし始めた春臣の口を慌てて塞ぐ。

「――いいから、そういうこと言わなくて」

まさか「俺も」とは言えず、怒った振りで言葉を遮る。それから顔を見合わせて笑った。

「これからも、ずっと匠だけだよ」

「俺も。今までもこれからもずっと……春臣だけが好き」

互いに告白し合って、触れるだけのキスをする。

「……匠」

名前を呼ばれて、無意識に閉じていた目を開けた。至近距離にあった春臣の潤んだ瞳がきらきらしてとても綺麗で、目が逸らせない。

「続き、してもいい？」

吐息混じりに請う声の色っぽさに、腰がぞくっと震える。入れっぱなしだった春臣のものは、匠の中でもう硬くなっていた。

堪えるような春臣の顔が色っぽくて、こくりと唾を飲み込む。

「……もちろん、いいよ」

どきどきしながら春臣の広い背中に腕を回した。

「いっぱいして」

小さな声でそう告げると、春臣がうっと言葉に詰まって匠の首元に顔を埋めてくる。はあ、と吐かれた溜息がすごく熱い。

「……煽らないで」

切羽詰まったその声に、自分の体も熱くなった気がする。春臣は微かに身を震わせた後、匠の腰を抱え直した。

「んっ……」

もっと深くまで入ってきた春臣のものに、反射的に息を詰める。痛い？　と訊かれて、首を横に振った。

時間をかけて蕩けるくらいに拓かれた体は、不慣れなはずなのに春臣のものを難なく受け入れている。それどころか、指で教えられた「感じる場所」が甘く疼いていた。

そこを擦られてしまったら、先程みたいな痴態を晒すかもしれない。そう思うと俄《にわか》に怖くなる。

「動く、ね」

春臣の唇が耳に触れ、囁く。

「あっ……！」

相当我慢してくれていたその反動か、春臣は匠の体を性急に揺すり始めた。中は一度春臣が出したもので濡れていて、入れたときよりもスムーズに動く。

「あっ、あっ、嘘」

痛くないどころかもう既に気持ちよくて、初めてのはずなのになんでこんなふうになっているんだろうと混乱した。

待ってと言うこともかなわないまま、激しく揺さぶられる。

自分の上ずった声が、どこか遠いところで聞こえるような気がするのに、ベッドの軋む音がやけに頭に響いた。

「あっ……あっ、あぁ……！」

頭を撫でられて、キスで唇を塞がれる。上も下も春臣でいっぱいで、気持ちよくてこのまま溶けてしまいそうだった。

ずっとこのままでいられたらいいのに、と春臣に身を委ねる。

「っ？　んん……っ」

ただ気持ちいいばかりだったのに、突然下腹に甘く重苦しいものを感じ、びくっと腰が跳ねる。じわじわと切羽詰まった感覚が上がってきて、反射的に足をばたつかせた。

「たくみ、いく？」

キスを解いて、春臣が熱っぽい目で見つめながらたどたどしく問いかけてくる。いつの間にか泣いていた匠は、揺さぶられながら必死に頭を振った。

「やだ、……やっ……」

今日はもう何回もいかされた。もう出ない、無理、と拒むように否定したのに、匠の体はまたあっけなく上り詰めた。

「っ……！」

息切れをしながら、両腕をシーツの上に投げ出す。春臣に縋りたいのに、もう力が出ない。精液はあまり出なくて、それなのに緩やかな絶頂感だけが体に残っている。泣きながら、譫言のように「きもちいい」と漏らした。

「……っ、たくみ……」

快感に痙攣する匠の体を両腕で抱いて突き上げながら、春臣が身を震わせる。匠より数秒遅れる形で、春臣も達した。

「んっ……」

びく、びく、と春臣の腰が小さく跳ねている。それすらも刺激になって、呼応するように匠の唇からは「あ」と声が漏れた。

「……はぁ……」

出しきったのか、春臣が大きく息を吐く。春臣の腕の中はのぼせるほど熱くて、けれどそれが不思議なくらい心地よくて、匠も吐息を零した。

あ、と春臣が声を上げ、慌てて上体を起こす。

「ごめん、苦しかったよね」

心配そうに見下ろしてくる火照ったその顔が色っぽくもあり可愛くもあって、無意識に頰が緩んだ。春臣は何故か「う」と言って顔を強張らせる。

それから再び勢いよく覆いかぶさってきて、その形のいい唇で匠の唇を塞いだ。喘ぎすぎて乾いていた口の中が、春臣とのキスで濡れる。くちゅ、と濡れた音を立てながら更に深くなっていくキスに、もう何度もいかされて限界なはずの体が昂ぶってしまいそうで思わず春臣の胸を押し返してしまった。

「はるおみ、も、おしまい」

縺れる舌でそう拒むと、春臣がまるで捨てられた子犬のような顔をした。

「……もう、だめ？」

そう言いながら腰を引き、けれど再び中に入れてくる。ゆるゆると出し入れをしながら、春臣は「だめ？」と甘える仕草で訊いてきた。中で、再び春臣のものが固くなっていくのがわかってしまう。

「だ、駄目だ、って、あっ」

達したものの先端からとろりと零れただけだった精液を、春臣の指に拭われる。春臣は濡れた指で匠の会陰を押した。内側から強制的に射精させられる感覚に、背が軽くのけぞる。

「いっぱいしていいんだよね？」

確かにそう言ったけれど、少し思っていたのとは違ったというか、思った以上に体力がもたないというか、もうやめにしてほしいというのが本音だ。

「……駄目？」

もう動き始めてるくせに、一応おうかがいを立ててくる春臣に顔を覗き込まれて言葉に詰まる。その顔でお願いされると弱いとわかっているのだ。

駄目、と返すべきだったのに、気がついたら「明日に響かない程度なら」と答えてしまっていた。


映画のクランクイン前の顔合わせを終えた後、社長室に呼び出されていた匠と春臣は、揃って事務所へと足を運ぶ。

失礼します、とドアを開くと、社長は「おつかれ」と手をあげた。

YDSプロダクションの社長は、既に還暦を迎えているが、まだ四十代のようにも見えるロマンスグレーで、本人も俳優のように整った顔をしている。優しげに目を細め、おいで、と二人を呼んだ。

「どうだった？」

ものすごく漠然とした問いかけに、春臣は「楽しかったです」とこれもまた漠然とした答えを返した。匠はマネージャーとして顔合わせに付き添っていたが、とにかく緊張したの一言である。

社長はそうかと鷹揚《おうよう》に笑い、携帯電話を取り出した。

「ところでさっき春臣から『マネージャーと一緒に住みたい』って連絡があったけど、大江、これはお前も了承済みなの？」

「えっ⁉」

予想していたのとは違う、そして初めて聞いた話に、思わず声をあげてしまった。

二人の関係性に「恋人」が追加されたのはつい先日の話で、けれどそれは誰にも秘密のはずなのにと匠はいつになく焦り、硬直する。

そんな心情を知ってか知らずか、社長はにこにこと喋り続ける。

「なにかひとつ、春臣の要求を聞くって話だっただろう？　だからなにがいい、って訊いたらそんな希望だったんだけど」

「一緒にって……同居ってことですか」

「まさか、流石にそれは。同じマンションにってことだろう？」

それもそうか、と胸を撫で下ろす。

だが春臣は笑顔をはりつけたまま、否定も肯定もしなかった。そこは否定しろと内心焦る。

「でも、いいんですか」

「いいよ。うちは社員の引っ越し代は出すし、住宅手当もでるからそれは総務にね。春臣たちも忙しくなってきたし、移動距離考えたら近いほうがなにかと便利ではあるし」

あっさりと受け入れてくれた社長に、内心驚く。

お願いを聞くというのは、禊の終わりを意味し、そして春臣が事務所、ひいては芸能界で力をつけたということの表れでもある。

「ただ、プライベートがないって嫌がるタレントやマネージャーもいるから、大江はそこのところどうなの？」

「あ、僕は全然……」

「前の部屋も、就職してからずっと引っ越してないんだろう？　今年で更新？　もうちょっといいとこ住めるくらいもう金あるだろうに」

「お金はあっても時間はないんですよ、社長」

家にはどうせ寝に帰るか、春臣を主とした所属タレントに関する映像を鑑賞するくらいのものなので、特にこだわりはない。

確かに、移動距離を考えれば同じマンションに住めるのは時間短縮になる。

春臣はともかく、他の担当タレントはいやかもしれないが、なにかよからぬことをしていないかと目を光らせるのにも便利だ。もっとも、仕事とプライベートが切り離せなくなるから歓迎しない、という人もいるというのもわからない話ではない。

「もし大江も問題がないのなら、さっさと引っ越し業者も含めて手配を進めるけど。知ってる？　今は『おまかせ便』とかいって詰め込むのも全部やってくれたりするんだよ」

それ手配するように総務に頼んどいてね、と社長が言う。

「あ、はい。ありがとうございます。じゃあ総務にその旨言っておきます」

特に異論はないので頷いたら、社長が小さく笑った。

「……正直なところを言うと、春臣がここまでできるようになるとは思わなかった」

燻ったまま消えていくのだと思ったと、縁起でもないことを口にする。けれどそれが笑い話になるくらい、そして社長が自ら「なにか欲しいものは？」と訊くくらいに、春臣の地位は向上した。きっと春臣自身もそう実感しただろうし、まさにそう思わせてあげるために、社長が連絡してくれたのかもしれない。

「春臣は、いずれ早いうちに、事務所やめるつもりだったみたいだから」

春臣は漫然と仕事を続けているように見えたし、そんな素振りはなかったように思っていたのだが、やはり気付かれていたのかと春臣も少々きまずい顔をしている。

「あの」

思わず口を開いてしまった匠に、社長は微笑みを湛《たた》えたまま「ん？」と首を傾げた。

「……どうして、春臣を雇ったままでいてくださったんですか」

匠が入社するときに、春臣は「厄介者」「問題児」と言われていた。そこには「さっさと辞め

かったのか。
だが、社長が頷かないので辞めさせられないのだという話も聞いていた。何故、辞めさせな
てほしい」という意味合いも込められていたと思う。
社長は思案するように腕を組む。
「残念だったから」
そんな一言を口にして、社長はうん、と顎を引いた。
「うん、残念だったからかな。……覚えてないかもしれないけど、春臣をスカウトしたの、僕
だもの」
その言葉に「えっ！」と声を上げたのは、春臣も一緒だった。何故知らないんだと無言で見
つめれば、春臣はぶんぶんと首を横にふる。
そんな二人の反応がお気に召したようで、社長はうふふと笑った。
「まず見た目がいいなって思ってスカウトした。で、レッスンしてみたら、思った以上にイケ
るなって思って。……だから昔、映画の話だってすぐ持ってきたでしょ？」
あの映画の話は、社長の力も大きく働いていたらしい。
「ドラマも出て、周りも結構のってきてくれてさ」
だが鳴り物入りでのデビューだったからこそ、それをすっぽかしたことは大きな影響を及ぼ
したのだ。それこそ、何年も表に出してもらえないほどの。

社長はワンマンというよりはカリスマであり、社内には社長本人の信奉者も存在する。取締役の石塚は、どちらかといえば信奉者の部類に入る。だから、意向を汲《く》んで在籍は許すが、YDSのコンサートや舞台以外の仕事をするのは許さない、という考えだった。

そういう背景があり、影響力があるからこそ、社長の一存で春臣をお咎《とが》めなしで使い続けるわけにはいかなかったのだ。

「禊の期間は頑張ってもらおうかなって思ってたけど、しばらくしたら覇気がなくなっちゃったね。あれはなんで？」

話を振られて、春臣は言葉に詰まっていた。答えを待たずに、社長は「あのね」と口を開く。

「それでも、まだ惜しいなあって、諦めきれないなって思ったんだよ。でもどうしたら元の場所に戻せるのか、僕がスカウトした頃の春臣に戻ってくれるのかなあって……」

そう言って、社長の視線がこちらにむく。思わず、背筋を伸ばした。

社長は頬杖《ほおづえ》をつき、にっこりと笑う。

「春臣に必要なのは、ずっと大江だったんだね」

どう答えたものかと、春臣を見る。

春臣も動揺のあまり固まっていたが、やがて意を決するように「はい」と頷いた。

「マネージャーとタレントは一心同体。これからもお互いのために、自分のために、支え合っていってね」

含みがあるのかないのかわからない社長の科白に戸惑いながらも、今度は躊躇うこともなく二人は「はい」と声を揃えた。

幼なじみインクルージョン

まだ撮影は始まったばかりだというのに、読み込みすぎて既にぼろぼろにしてしまった台本をめくりながら、西尾春臣《にしおはるおみ》はベッドの上で頬杖をつく。

傍らでは、恋人兼幼馴染み兼マネージャーの大江匠《おおえたくみ》が目を輝かせながら漫画を読んでいた。それは今春臣が手にしている台本、「劇場版此岸《しがん》と彼岸《ひがん》」の原作本である。

じっと見つめていたら、視線に気づいた匠の黒目がちな瞳がこちらへと向けられた。深い色の瞳が春臣を捉え、柔らかな笑みを作る。

「楽しみだね、春臣」

返事より先に、ちゅ、とその目元にキスをする。

「うん。なんか嬉《うれ》しい気持ちがおさまんなくて、やばい」

無意識に、声が弾んだ。匠は笑みを深めて頭を優しく撫《な》でてくれる。

「俺も！」

二人で顔を見合わせて、笑い合う。

オーディションで勝ち取った念願の映画出演。一昨日《おととい》ついに、クランクインした。撮影期間は順調にいけば二ヶ月の予定で、主役の春臣はほとんど休みがない。

『此岸と彼岸』は週刊少年漫画雑誌で連載されている、サスペンス、ミステリー漫画だ。春臣演じる「岸此岸《きし》」という探偵が、事務所に持ち込まれた事件を持ち前の推理力で解決していったり、何者かに狙われた依頼者を警護しつつ犯人を捕まえたりする物語である。ダーク・ファンタジー、クライム・サスペンス、サイエンス・フィクションなどに分類され、結構な頻度でキャラクターが死んでいくのも特徴のひとつだ。

連載二年目から制作されたアニメは昨年末に二期が終わり、今年の秋に三期が始まる予定だと聞いている。累計発行部数は二五〇〇万部を突破している人気作品で、スピンオフ漫画や、事件の裏を人気ミステリ作家が描いたノベライズなども発行されていた。

アニメ化や小説化などがされる度に、各キャラクターを深く掘り下げていくのも特徴であり、映画でも原作者監修のもと新たに明かされる情報がいくつも加わる予定だということで、巷《ちまた》でも盛り上がっている。

「春臣、こういう役初めてじゃない？」

「あ、そういえばそうかも」

此岸というキャラは登場時、とても愛想がよく、爽やかで、元気なキャラクターだ。飛んだり跳ねたり、走り回ったりと忙しく、漫画内では「大型わんこ」などと呼ばれることもある。

「言われてみれば元気な役があんまりないっていうか……ダウナー系が多かったかもね」

「ね。今までにない感じだから、ほんと楽しみ！」

うきうきした様子で、匠がころんと仰向けに転がる。俺の恋人可愛《かわい》いな、と胸をときめかせた。頬杖をついて眺めていたら、匠がはっと目を見開く。

「あ、別にプレッシャーかけようとかそういうんじゃないから！　この漫画好きだし、純粋に、新しい春臣が見られるの楽しみにしてるってだけで」

でもこういう言い方も圧をかけてる感じがするかな、と本気で気にし始めたので、大丈夫だよと笑った。

「今のでプレッシャーかけられてるとは思わないって。それに、プレッシャーならとっくに世間からかけられてるっていうか」

「それもそっか」

——まあ、他の人がどう思うかは割とどうでもいいっていうか、匠にかけられるプレッシャーと、その他大勢にかけられるプレッシャーで、重さが違うけど。

そんなことを口にしたら気にするので匠本人には言わないが、「そうだよ」と頷《うなず》いた。

匠は漫画を脇に置いて、タブレット端末を手に取る。

「でもさ、評判全然悪くないよ。好き勝手言う人も確かにいるけど、期待してるって声のほうが断然多いし」

「そう？」

「春臣のパブサの鬼である俺の言うことを信用しなさい、春臣」

そう言いながら、匠はタブレット端末の画面を指で叩《たた》き始める。映画と、春臣に関する記事を探しているようだ。

「いい記事は全部保存してあるから、読みたくなったら言って。SNSのもいい意見はコピペしてテキストファイルにまとめてあるから」

「ありがと」

役者が揃《そろ》った段階で、映画版のキャストが解禁されたときの反応は、実際に春臣も見たことがあるが、概《おおむ》ね悪くなかった。映画が決まる少し前からドラマなどに多数出演しており、幸いにも評判が悪くなかったため「いいんじゃない？」という評価が多かったようだ。また、普段から応援してくれているファンは「主役おめでとう！」とお祝いムードだった。

もはやＹＤＳ《ワイディーエス》タレントを起用された際のお約束である「折角の実写にＹＤＳタレントを使うなんて見る価値なし」などという非難も多少は見受けられたが、匠が「よくある批判だし、気にしなくていい」と言ってくれたので、素直に気にしないようにしていた。

――匠がいいなら、俺の中ではもう正解だし。

黙々とすごい勢いで画面を操作していた匠の指がぴたりと止まる。なにかよくない記事やコメントを見たのかもしれない。一瞬険しい顔をした匠は、すぐにアルカイックスマイルを浮かべてみせる。

「ビジュアル解禁したら、吠《ほ》え面をかくといいよ……。そして春臣の演技力の前に跪《ひざまず》くといい……」

ふふ、と匠が勝ち誇った顔をする。まだ撮影が始まったばかりで良し悪しもわからぬうちから、春臣本人を差し置いて自信満々な恋人に思わず笑ってしまった。こうして評価をしてくれるから、信頼を寄せるようなことを言ってくれるから、必要以上に落ち込まずに済むのかもしれない。

本人はフォローのつもりもないようだが、匠の言葉があれば、匠がいてくれれば、春臣は背中を押される。

「そうなるように、頑張るね」

「大丈夫、そうなるから」

またも自信満々な科白《せりふ》に小さく吹き出し、仰向けに寝転がる恋人の唇に軽く唇を押し当てた。

春臣は、ＹＤＳプロダクションという日本ではそれなりに大きな芸能事務所に所属している。ファンでなくとも、老若男女問わずその事務所の名前は知っている、というくらいに有名な会社だ。

そこに所属しているにも拘《かかわ》らず、春臣はつい先日まで仕事を干されていた。業界にではなく、事務所にだ。それはデビューしたての頃、社長が用意してくれた映画の主役の仕事を土壇場でキャンセルしたことが理由だった。

吹けば飛ぶような新人が仕事を飛ばしたこと、そしてカリスマで有名な社長の顔を潰したということで、業界からも会社からも締め出されてしまったのだ。業界のほうは新人のことなどすぐに忘れたが、会社は「禊《みそぎ》」と称して春臣の活動を制限し続けた。

そんな中、幼馴染みだった匠がマネージャーとなり、細々と、だが確実に、ときには会社の方針に抗《あらが》ってまで仕事を増やしてくれたのが、もう一度表舞台に立つきっかけとなったのだ。

一度映画で躓《つまず》いた芸能活動だったので、映画に出演するのは春臣にとってもマネージャーの匠にとっても悲願であった。

——すごく順調だよな……幸せ。

匠が同じマンションに引っ越してきたお陰で、今は半同棲《はんどうせい》状態でもある。

仕事も匠も、もう自分の手の中には戻ってこないと思っていたものが今は両手にあって、幸せだ。

「ん」

キスをしながら匠の肌に触れたら、胸を押し返されてしまった。もっとたくさん色々なことを経験済みなのに、これくらいの触れ合いでさえ未だ真っ赤になる恋人にきゅんとする。

「今日は、駄目。明日も早いんだから」

「わかってる。キスだけ」

あわよくばと思っていたことを笑顔で隠し、しれっと嘘《うそ》を吐《つ》く。キスだけだよと念を押しながら、今度は匠のほうから口づけてくれた。少しぎこちない唇や舌の動きが、愛らしくて興奮する。

友達の期間も、傍《そば》にいるだけで嬉しくて愛《いと》しくて堪《たま》らないと思っていたけれど、一度恋人として触れたらその気持ちは日増しに大きくなっていくばかりだ。

毎日触れたくて、好きだと言いたくて、それでも足りない気がする。

「──あっ、そうだ。明日飲み会行ってもいい？」

伝え忘れていた予定を、少し長めのキスを堪能してから口にする。頬を上気させていた匠が、目を丸くした。

「飲み会？」

「あのね、龍《りゅう》さんが原作者の先生と声優さんとの飲みの場、セッティングしてくれたんだ！」

龍は春臣を可愛がってくれている事務所の先輩で、国民的アイドルグループ・ＹＤＳのメンバーである。彼はとても顔が広いので、春臣のためにそんな場を用意してくれていた。

ああ、となにか思い至ったように匠が頷く。

「なるほど、それで龍さんが明日の春臣の予定訊《き》いてきたのか」

「え、そうなの？」

曰《いわ》く、昼に事務所で会ったときに「明日の夜って春臣の予定あいてる？」と訊かれたらしい。

詳細を言わなかったのは、恐らくその時点では飲み会をセッティングできるかどうか曖昧だったからだろう。

「明後日《あさって》は昼の出だから大丈夫だと思いますけど、って言っておいたけど」

「……詳しい話も訊かずに大丈夫なんて言っていいの？」

「だって龍さんだろ。明日、仕事終わったら送っていってあげるね……って、なにその顔」

唇を尖《とが》らせながら、ふーん、と拗《す》ねた声を出した春臣に、匠が首を傾《かし》げた。

「匠の龍さんへの信頼にちょっと嫉妬してる」

「……お前ね」

しょうがないなとばかりに苦笑している匠に抱きつく。よしよしと、まるで子供にするように頭を撫でられた。いつもは嬉しいけれど、今はちょっと嫉妬が行き場をなくしてしまって複雑だ。

「一体今のどこに嫉妬する要素があったんだよ、もー。そんなこと言ったら、俺なんかより春臣のほうがよっぽど俺を嫉妬させるようなことしてるのに」

まだまだアイドル俳優扱いだが、一応役者という職業なので、ラブシーンを演じることもある。そのことを言っているのだろう。

——嫉妬なんてしてくれないくせに。

匠は演技でなにをしたところで嫉妬などしない。彼は、友人兼恋人としての春臣だけでなく、アイドルであり役者である春臣を愛してくれている。だから、決して妬《や》いたりはしないのだと、知っている。

「匠が嫌ならしないよ」

有り得ないということを前提で冗談まじりにそう言ったら、匠が一瞬表情を失《な》くす。それから、形容しがたい複雑な顔をして「駆け出しのくせに、なに言ってるんだよ」とだけ言った。


「くれぐれも失礼のないようにね」

「わかったってば」

車中で何度も念を押された科白を降車時にも言われ、春臣は頭を掻《か》く。

「俺、普段そんな失礼してる？」

「いや、そういうわけじゃないんだけど……」

もごもごと言いよどむ匠に、嘆息する。

原作者の先生や、春臣と同じ「此岸」の役を演じた声優との飲み会を純粋に楽しみにしていた春臣とは裏腹に、会社としてはそれなりに大事として構えていたらしい。

――なんかあんまり言われると却って緊張してくるんですけど。

龍が上層部などにも「軽い飲み会なんで」と説明してくれたが、やはり「くれぐれも粗相のないように！」というお達しがあったようだ。

「じゃあ、終わったら連絡ちょうだい。迎えに来るから」

「了解。……匠も飲み会参加する？」

ふとそんな誘いを口にすると、匠は「えっ」と声を上げた。その顔がちょっと嬉しげだ。

匠も春臣とともに漫画やアニメを見てすっかりファンになっていたので、飲み会の話が出たときから、平静を装いつつもちょっと羨ましそうだったのだ。

けれど、匠は形のいい眉尻を下げた。

「……参加できるもんならしたいけど、色んな意味で無理」

うう、と匠が悔しげな顔をする。

——可愛い顔。

自分から話を振ったくせに、匠が他の誰かのことで感情を揺らすのを見ると、ほんの少し嫉妬の炎がゆらめく。それを笑顔で押し隠した。

「なんで？　一人くらい増えても別にいいと思うよ」

「マネージャーがほとんどプライベートの飲みに同席するわけにいかないでしょ。恐れ多い。あと、どのみち会社に戻らないといけない用事あるから無理……」

プライベートのはずだったのに社内的に仰々しくなっていることの矛盾を感じながらも「そっか」と意見を引っ込める。

残念そうに特大の溜息《ためいき》を吐いて、匠はもう何度目かの「じゃあくれぐれも失礼のないようにね」の小言を言い残して去っていった。

車が見えなくなるまで手を振り、さて、と振り返る。

——待ち合わせ五分前だ。

用意されたのは、都内にある高級焼肉店だ。龍が個室を予約してくれているので、入り口で「龍さんと待ち合わせで」と言ったらすぐに通してもらえた。

「お、来た来た～！」

通された個室のドアを開けると、龍だけでなく映画の原作者の立川大輔《たちかわだいすけ》、アニメ版で主役の此岸の声優を務めた小金井春樹《こがねいはるき》が揃っていた。

「遅くなって申し訳ありません。お久しぶりです、立川先生。初めまして、小金井さん。YDSプロ所属の西尾春臣です」

ぺこりと頭を下げると、立川は「オーディションぶりですね」と微笑《ほほえ》み、小金井は「こちらこそはじめまして」と礼をしてくれる。

立川は細身で一見年齢不詳の男性だ。三十五歳だと聞いているが、大学生くらいにも見える。少々神経質そうな雰囲気があるものの人見知りというわけではないらしく、オーディションでも割と物怖《ものお》じせずに意見を言っている姿を目にした。今日も「さすがYDSのタレントさんはびっくりするくらいイケメてますね」と如才なく褒めてくれる。

「ほー。これがリアル此岸かぁ」

春臣をしげしげと見つめながら言う小金井に、「君だってリアルに此岸を演じたでしょ」と立川が笑う。

「いやいや俺は声だけなんで！　見てくださいよこの二次元みたいな顔！　顔面コスプレですよ！」

どんなだろう、その顔。そう思いながらもアイドルスマイルを作ったら、何故《なぜ》か全員に大受けしてしまった。同じ事務所の龍まで笑うのが解せない。

顔がどうこう言っていたが、少々小柄な小金井は、それこそアイドルでも通りそうな年齢不詳の可愛らしい顔立ちの青年だった。滑舌がよく声が大きく、明るい。今年二十五歳になる春臣と同い年くらいかと思ったが、八歳も上だと聞いて驚いてしまった。

小金井は、業界人気も凄《すさ》まじく、此岸を演じたことで更に人気が出たそうだ、とは自称パブリックサーチの鬼である匠からの情報だ。実写版も小金井でいいのに、とも言われているそうである。

互いに自己紹介を済ませている間に、春臣の分のビールが運ばれて来て、「では」と飲み会が始まった。

早速、とばかりに春臣は小金井と立川に向き直る。

「俺、すっごく好きなんです、『此岸と彼岸』。映画のオーディションの話が来る前から読んでて、アニメも好きでBD《ブルーレイ》も買って匠と一緒に何度も、舐《な》めるように観てます」

匠ってこいつのマネージャーのことね、と龍が補足を入れてくれる。二人は声を揃えて「ありがとう」と笑った。

自宅に匠を招いたときに、「面白いよ」と薦めたら匠が読み耽《ふけ》ってしまって「俺をほったらかしにしないで!」とちょっと喧嘩《けんか》になったほどだ。

「いや本当に。あっ、あと単行本も全巻まとめて送って頂いて、ありがとうございます。匠と一緒に漫画読んでると『早く次の巻寄越して』とか『俺がその巻読もうと思ってたのに!』ってなるので電子書籍も買ったんですけど、全巻頂けたので『これで匠と喧嘩にならない』ってすごく得しました」

得をした、という言い方はよくなかっただろうかとはたと気づいたが、原作者の立川は特に気にしたふうでもなく、「送ったのは出版社ですけどねー」と笑っていた。

「オーディションの話が来る前から、もし演《や》るなら此岸がいいなって思ってたので、決まったときすごく嬉しかったです」

匠も漫画を読みながら、「春臣と此岸は顔が似てるから、絶対いける。実写化したら絶対この役とりたい」とよく言っていたものだ。そのときはほとんど冗談だったが、まさか実現するとは思わなかった。

「――でも西尾さんが主演って訊いたとき、ちょっとびっくりでした」

原作の立川のそんな科白に「えっ」と硬直してしまう。

「い、イメージと違いました……？」

オーディションで勝ち取った役であり、その場に立川もいたのだが、原作者の意向がまったく入っていなかったのだろうかと不安になる。立川は慌てて頭を振った。

「ああ、いや、そういう意味じゃなくて。ほら、此岸って冒頭はすごく元気のいいキャラだし」

一応ドラマでは色々な役をもらっているのだが、春臣本人の印象と当たり役の気だるいイメージが強いようで、それがファン界隈《かいわい》からも「大丈夫か、無理な演技で痛々しくならないか」と不安視されている。

春臣自身は特に無気力そうにしているつもりはないし、匠に対してはテンションが高いとさえ思っているのだが、そこはもう演技を見て納得してもらうしかない。

「それに此岸って割とサイコパスな役でしょう？」

まるっきりの善人じゃないよねー、とアニメ版を演じた小金井が頷いた。

「西尾さんて所謂《いわゆる》『新進気鋭』で売出し中の役者さんだし、あとＹＤＳ的にイメージ大丈夫かなって。アイドルが殺人鬼って大丈夫かなって」

此岸は一見気の優しい熱血漢で、仲間思いでリーダーシップもあるいかにも少年漫画の主人公っぽい性格だが、実はシリアルキラーという役どころだ。

「あー、なるほど。そのへんは全然問題ないです」

確かにYDSプロダクション所属のタレントはクリーンな役を演じることが多い。けれど、当然そういう役ばかりでもないし、自分も匠も内容を理解した上でオーディションを受けた。会社からも今の所特になにも言われていない。

『此岸と彼岸』は、男子大学生・此岸が所長を務める探偵事務所に、噂《うわさ》を聞いてやってきたもの、協力関係にある警察関係者から持ち込まれたもの、或《あるい》は街中や旅行先で偶然事件に居合わせたものなど、なんらかの形で依頼が舞い込んで来るところから始まる。依頼は護衛や調査、人探し、過去の事件の犯人探しなど様々で、助手役である事務所のアルバイトの男女や、此岸の関わった事件の担当だった刑事などと協力して事件を解決していく。

だが、依頼者は大抵過去になにか悪行を働いており、此岸の推理とともにその過去を芋蔓式《いもづるしき》に暴かれてしまうのだ。とはいえ前科はついていない、或いは大した罪にはなっていないことが大半で、法で裁かれることはない。助手がこんなの見捨てたほうが世のため人のためだと怒っても、たとえ悪人であっても犯人は生きて罪を贖《あがな》い更生する義務がある、と諭すのが正義感の強い此岸という男だ。

だが、そんな此岸の願いも虚《むな》しく依頼者は事件解決後、皆なんらかの理由で命を落とす。ある者は事故で、ある者は事件に巻き込まれ、ある者は事件解決直後に此岸たちの目の前で死んでしまうのだ。此岸は「死んだらなにもならないのに」と歯噛《はが》みする。

単行本の第四巻では、助手役の刑事から、二十年ほど前から犯罪を繰り返している「義賊ぶった」サイコキラーの存在が明かされる。法の裁きを受けなかった「悪人」を、その罪の重さの差に拘らず平等に殺していく殺人鬼だ。被害者や遺族に接点はなく、共通点は「過去に大なり小なり悪いことをしている」という点のみで、サイコキラーの姿を見たものもほとんどいない。

此岸の関わったいくつかの事件は手口や状況が酷似しており、警察では模倣犯の可能性も否定はできないが同一犯ではないかと睨《にら》んでいる、と伝えられる。

姿の見えぬ殺人鬼に立ち向かいながら、五巻では仲間の死に涙したり、色々な事件を解決したりするヒーローだった――が、単行本七巻で、此岸がその「義賊ぶったサイコキラー」であると明かされる。

その変貌ぶりには、漫画を読みながら匠と一緒に震えてしまった。

けれど一巻から読み返せばあちこちに伏線が張ってあり、テコ入れでストーリーが変わったわけではなく、最初からそういうキャラ作りだったのだとわかるのだ。

「もう、それがわかったとき匠と一緒に『わーすげー』ってなって。アニメの小金井さんの演技も本当に鳥肌立つくらい怖くて。『わーこえー』って震えました」

語彙力が甚だしく低い感想を必死に伝える。立川は似たようなことや、もっと素晴らしい批評などを言われ慣れているだろうに、少し照れたように笑った。

「いい読者さんだー。楽しんでもらえて嬉しいです。結構『まあなんとなくわかってたけどね』って人も多いから」

「なんとなくわかってるって、根拠もなく言うのは推理じゃなくてただの当てずっぽうじゃないですか。テストで適当に書いた答えが当たったって自慢されてもねって感じですけど」

春臣が言うと、立川が「いい読者さん」と同じことを言った。

春臣と匠がすごいと盛り上がったのは、さりげなく散りばめられた伏線が、すべて繋《つな》がるところだ。後から見直せば、ちゃんと推理ができるようになっている。勿論《もちろん》、読みながらそれをきちんと拾って推理している読者もいるし、今は雑誌が発売されるたびに考察などで盛り上がっているそうだ。

「西尾くんに演じてもらえるなら、いいものになりそう」

「俺のほうこそ、主役に選んで頂けて嬉しいです。立川先生と小金井さんたちが作ってきたものを壊さないように、頑張ります」

気合は充分だということを伝えると、立川と小金井は顔を見合わせて笑った。その様子に、首を傾げる。

「なんかもう、いい人だし可愛いなぁ西尾くん」

「ねー、めっちゃいい子。ダウナー系って話だったのに、全然印象違うし」

立川の評に思い至る節があって、春臣は気まずさに眉尻を下げる。

「ほら、此岸が一応元気キャラだから、アイドルしてるときの映像が参考になるかなって思って観せてもらったんですよね。そしたらアイドルの西尾くんて笑いもしないどころか無表情だし、いかにもクールキャラって感じで」

あんまり参考にならなかった、と立川が笑う。「アイドルの自分」は匠と再会する前で、完全にすべてを機械的にこなしていた頃だ。

この場所にいれば匠が見ていてくれるかもしれない、それしか考えていなかった。クールキャラと形容してもらったが、実際はただ熱や覇気がなかっただけだ。そんな時代の自分は、見るのも見られるのも恥ずかしい。

小金井はアイドル時代の春臣は知らないようで、「そうなの？」と首を傾げた。

「路線変更？」

「路線変更というか……俺自身はあまり意識はしてないんですよ」

それは本当で、最近よく表情筋が仕事をするようになったと言われる己の顔を擦《さす》る。

全く意識していなかったが、よく笑うようになったそうだ。もしかしたら、「無表情でクールな春臣」が好きだったという昔のファンは離れてしまったかもしれない。けれど、匠が「そういうファンには今までありがとう、ってだけでいいと思う。これから見せていく本当の春臣を好きになってくれるファンを大事にしよう」と言ってくれた。

「なんか心境の変化でもあったの？」

「心境というか……」

どう答えようかと迷っていたら、傍らの龍が口を開いた。

「心境っていうか、環境が変わったんですよ。マネージャーが変わってから路線変更して、徐々にやる気を出し始めたっていうか」

龍の手が、春臣の頭を撫でてくる。入所当時からなにかと世話を焼いてくれた龍は、近くで春臣の成長を見てくれていた一人だ。

「だから、今はもう人一倍やる気があるし演技はうちの事務所の中でも指折りの上手《うま》さなんで、心配はいらないっすよ」

立川に「春臣は本当に役を演じきれるのか」と疑う意図はなかっただろうが、龍がそんなふうにフォローしてくれる。思わずその整った顔を見つめると、龍は春臣の頭をぽんと叩いた。

小金井が「心配なんてしてないですよねー」と立川に向かって頷く。

「俺も、西尾くんの出てたドラマ何本か見てたよ。ほんと上手だよね」

「えっ……嬉しいです、ありがとうございます」

演技力に定評のある小金井に褒められたのが本当に嬉しくて、顔が綻ぶ。龍が自分もアイドルのくせに「出た、アイドルスマイル」と揶揄《からか》ってきた。

「あの、折角ならこの機会に、お二人に訊いてみたかったことがあるんですけど……いいですか？」

「はいはい、なんでしょ」

「アニメ版での表現なんですけど」

　アニメ版でちょっと変わったディレクションがされていたシーンは、小金井によるものなのか音響監督の指示によるものなのか、その演出は原作者としてはどう感じていたのか。漫画版とアニメ版で科白が変わったところは、原作者は承知していたのか。あのシーンのあの演技の解釈は、など、漫画とアニメを繰り返し見ていて気になった箇所を次々質問する。

　しつこいくらい細かく質問を投げたが、立川と小金井は答えられる範囲で真摯に答えてくれた。

　付随して色々な裏話も聞けて、演技の糧になるだけでなくファンとしても面白かったし、帰宅したら匠にも教えてあげよう、とほくほくする。

「あ、あと、映画版で新しく出てくる箇所で、ちょっと訊きたいんですけど……」

　春臣がそう切り出すと、龍が「俺席外そうか？」と言ってくれる。『此岸と彼岸』は、メディアミックスの度に新情報が出てくるのが特徴だ。ネタバレの配慮というよりは、新情報なので部外者がいないほうがいいか？　というおうかがいだろう。

　小金井も「俺もいないほうがいい？」と言うが、立川が「公開まで誰にも言わなきゃ大丈夫じゃないですか？」とまだ質問も聞かないうちから執り成したので、二人とも腰を下ろしたままでいる。

　いいのかな、と思いながらも、春臣は口を開いた。

「あの、此岸が初めて人を殺すシーンなんですけど」

此岸が初めて手にかけるのは、育ての父親である刑事・岸だ。一介の、本物の刑事だったが、上層部や反社会的勢力などのダブルスパイとして暗躍し、たくさんの秘密を抱えていた。此岸も出生に「秘密」があり、岸が此岸を育てているのにもそこに理由がある。

岸は悪人だったかもしれないが、此岸を本当の子のように、一般家庭の子供と変わらぬように育て、愛した。此岸もまた、純粋に岸を愛した。

だが抱えた秘密のために命を狙われた岸は、秘密と此岸を護《まも》るため死を選ぶ。死んだことが誰にも知られぬように遺体処理の仕方まで指示をして、当時中学生だった此岸に委ねるのだ。

春臣演じる主人公が人生で初めて人を殺した場面であり、それが彼をシリアルキラーへと変貌させたという重要なシーンである。

「あのシーン、初めて映画で此岸のリアクションが表に出るじゃないですか」

「へー、あ、そうなんだ」

同じく此岸を演じた小金井が、少し驚いたような声を上げる。

「てか、そこ子役じゃなくて春臣くんが演るの?」

「いや、それは俺もちょっとと思ったんですけど、俺の中高時代の写真見て『髪型変えて制服着れば全然いける』って監督が」

マジか、と小金井が笑う。立川が横で、うんうんと頷いた。

「まあ、俺も漫画で特にショタっぽくしてるわけじゃないし、いいのでは？　今はなんか加工技術とかでもなんとかできるでしょ、しらんけど」

件《くだん》のシーンは、原作、アニメ版を通して仔細《しさい》が描かれず、原作者の立川も言明していないため、ファンの間でも議論が起こっているシーンのひとつだ。

原作では重なるふたつの人影と、主人公が涙を流しているであろう表現が見て取れるのみ、そこには科白もなければ、殺された相手が誰かもわからない。

そしてアニメ版では同じくシルエットで表現されたが、殺害の手段が絞殺であること、そして被害者側に声が当てられたことで、それが誰かも明らかにされた。後に、雑誌連載のほうでも被害者の正体は「此岸が事務所に写真を飾っている、突如行方不明になった父親」であること、何故殺し、殺されたのかがきちんと描かれた。

この場面で主人公の顔や声が映るのは、実写映画版——つまり春臣の演技が初となる。

映画化以前に雑誌の取材で、立川が「主人公は大泣きしながら殺した」と明言していたものが、現在公式が出している唯一の情報だ。

「これって、アニメ版は、元々声をあてる予定はなかったんですか？」

春臣の質問に、小金井はそうなんじゃないかな、と首を傾げた。

「収録の日は当然いたけど、台本にもなにもなかったね。相手役の声優さんは色々ディレクションされてたけど」

此岸が大泣きしてたとは聞いてる、と雑誌の取材と同じ情報のみを教えてくれる。小金井が立川に視線を移したのに誘導されるように、春臣は立川に質問をした。

「大泣きって、どの程度の大泣きなんでしょうか」

声を上げて泣いていたのか、それとも涙をぼろぼろ零《こぼ》していたということなのか。

立川はうーん、と考えるような仕草をして、眉根を寄せた。

「……それは監督とすり合わせたほうがいいかもしれないですね」

返ってきたのはもっともな言葉で、春臣は肩を落とす。

「でも、先生の中での答えはあるんですか？」

重ねた質問にも、立川は「うーんそうですねえ……」と言ったきり答えてはくれなかった。答えたくないのか、答えがないのかすらわからないように、あえて濁された感じがするなと思ったので、ありがとうございましたと質問を引っ込める。

「うわー、そんなシーン委ねられるの俺じゃなくてよかったー！」

二人の遣《や》り取りを聞いて、小金井がそんな言葉を言いながらジョッキを傾ける。間違いなく本音なのだろうが、ほんの少しの悔しさも覗《のぞ》いていた。

「アニメ版の音響監督……お芝居だと監督とか助監督みたいな役割の人をイメージしてもらえればいいと思うんですけど、ものすごくこう、役者さんを追い込むタイプの人で」

何度か収録の見学に立ち会ったことがあるらしい立川が、そう教えてくれる。

言葉もきついそうで、小金井は「お前、それただ文字読んでるだけだろ。演技しろや」と言われたこともあるそうだ。

「作り手としてすごくありがたいんですけど、声優さんが大変そうですごかった。行く度に緊張感が増してて」

あまりに張り詰めた空気に、途中参加のベテラン声優が緊張してとちることもあったという。

その点、映画版の監督はさほど厳しくないのんびりとした人だと龍が教えてくれる。役者の自由度も高いそうだ。小金井が「いいなあ！」と大袈裟に羨ましがる。

「いやもう、俺、会う人会う人に『顔が死んでる』って言われましたもん……陽キャパターンの此岸はいいんですよ、シリアス回のサイコ此岸はほんと地獄だった……」

遠い目をして笑う小金井に、春臣はぐっと拳を握った。

「――なるほど。それであんなふうに、すごいアニメになったんですね……面白かったですもん」

アニメ版に恥じないように、負けないようにしなければ、と改めて決意していると、小金井が笑った。

「いやー、むかつくわー」

「えっ⁉　なんでですか⁉」

唐突に、今の一瞬でなにか粗相をしたかと慌てる。

「顔が良くて芝居もうまくてやる気もあって、性格も素直で、むかつくわー」

褒められているのかそうでないのかよくわからない科白に困惑する。他の二人もうんうんと頷いており、龍が再びぽんぽんと優しく頭を叩いてくる。

「ほんとだよ、お前なんか弱点ないの？」

「弱点？　匠ですかね？」

自分の人生を振り返ると、行動原理はすべて匠の存在にあったと思う。

即答で匠の名前を出した春臣に、三人が笑う。

「心境と環境の変化に関わってる例のマネージャーさんね。いやー、噂には聞いてたけど、本当にマネージャー大好きなんだね」

しみじみと感心するように小金井に言われ、「大好きですね」と即座に肯定したらまた笑われた。

「真顔で言うし、この子。ラジオとかインタビューとかでもめちゃくちゃ言ってるもんね、俺ちょっと今日そのマネージャーさんに会えるの期待してたわ」

小金井に他意がないのは頭ではわかっているのだが、恋人である匠が他の男から会いたいと言われる状況は、心中穏やかでない。

「ここに来てからも、お前匠匠ってうるさいし」

「だって、大事なのは本当ですし、今のは弱点はなんだって振られたから……そしたら匠って言うしかないじゃないですか」

「言うしかないことはないだろ」

龍のツッコミに場が笑いに包まれる。その後は仕事の話や業界裏話などの雑談をして、飲み会の解散間際、三人から「いい映画になると思う、楽しみにしてる」と背中を押してもらえた。原作があるからこその批判も勿論あるけれど、「楽しみ」という意見もあることを匠がいつも教えてくれる。匠本人も楽しみにしてくれている。

——特にこの仕事は、匠と一緒に摑《つか》んだ仕事だし。絶対に成功させたい。

今回の映画は、匠が後押しをしてくれたことも勿論あるし、春臣自身が意欲をもって臨み、最初に得られた大きな仕事だ。

だから、今までだってじゅうぶん真摯に仕事に取り組んでいたけれど、気合が違う。気負っていると言ってもいい。

——すごく、いい方向に走ってる気がする。追い風が来てるって、こういうときに使うんだろうな、きっと。

仕事も、恋も、怖いくらいに順風満帆だ。

もはや「キャラ」のように受け取られて笑われるが、自分は匠が一番で、匠以外弱点も怖いものもないと本当に思っていたのだ。

けれど、すぐにそれは自惚《うぬぼ》れだったと気づかされることとなった。

「――うーんと、だから、違うんだよね」

感情の読み取れない、のんびりした監督の声に、春臣ははっと口を閉じる。演じるときはほとんど憑依《ひょうい》したような状態に陥るので、夢から引き戻されるような感覚に襲われた。カット、ではない静止の言葉に、現場がしんと静まり返っている。怒鳴っているわけでもないが、そこにはなんとも言えない威圧感があった。

監督――所沢史人《ところざわふみと》が、ああ、と周囲の空気を察したように頷《うなず》いて「カットカット」と手を振る。それから、眠そうな二重の目でカメラを見つめながら思案するような仕草をした。

常に白い襟付きのシャツと濃い色のチノパンという出で立《い》ち、整髪料をつけない無造作な髪、細身に猫背、という佇《たたず》まいの彼は今年四十歳になるというが、実年齢より若くも見えるし老けても見える。共演者の誰かがその外見を指して「いかにも自由業っぽい」と評していたが、彼の独特の空気は今、演者に妙な緊張を齎《もたら》していた。

もともとはテレビドラマの演出をしていた監督で、事務所の先輩などが幾度か一緒に仕事をしていたこともあり、そのときの話も参考に聞いている。

所沢の用意する脚本はト書《とが》きなどが極端に少なく、役者本人に解釈して演技をして欲しいという理念があるという。

飲み会で龍も言っていたがアニメ版の監督とは違い、演出に関しては特別厳しくも優しくもないし声を荒らげたりすることもなく、一見無気力に淡々と進めるタイプの監督だよ、という話を訊いた。

確かに、小金井から訊いていたアニメ版の監督のように毒舌なわけでもない。だが撮影が始まってから徐々に空気は張り詰め、暗雲が立ち込めていた。

「……うーんと……」

思案するように頭を掻き、所沢が口を噤《つぐ》む。

現場に「またか」という空気が流れるのを、肌で感じた。背中が冷や汗で濡《ぬ》れる感触がする。

まだ撮影が始まって一週間ほどだったが、特にこの二、三日の間は春臣が原因で滞ることが頻発している。

台本読みや立ち稽古、ドライリハーサルなどでは特段注意を受けなかったので、カメラが回り始めてからのダメ出しに、春臣だけでなく周囲も困惑していた。

――俺、緊張しすぎ？　気負いすぎなのかな。

とにかく真摯に、必死に、自分の仕事をこなそうと思っていたけれど、思い切り躓いてしまっている。ドラマの撮影ではこんな状況に陥ったことがなく、言いようのない焦燥を覚えていた。

——なにが、駄目なんだろう。

頭の中で、台本の文字、原作漫画の同じ場面、そしてアニメの映像がぐるぐると流れる。自分の演技プランがさほどずれてるとは思えない。それでも所沢が違うと言うのなら、もう一度練り直して演じてみているつもりだった。

けれど所沢のディレクションは春臣に限って何故かいつも抽象的で、それも戸惑いの原因のひとつだった。自由度が高いとは聞いていたが、果たしてそれはこういうことだったのだろうか。

他の俳優には「そこはこうしたほうがいいかもしれないです」などという指示があるのに、春臣には「違うなぁ」とか「うーん」としか言ってくれない。

思わず、撮影所の隅に控えている匠を見る。匠は、はらはらした様子で春臣を見守っていた。

「あのさ、西尾くん」

「はいっ」

背筋を伸ばして返事をすると、所沢は迷うような表情になった。

もしかしたら、所沢も演出の方向性に迷っているのだろうか。そう考えていたら、彼がゆっくりと口を開いた。

「きみ、演技してる?」

「え……？」

その問いかけに、春臣だけでなく周囲からも困惑した雰囲気が伝わってきた。質問の意図がよくわからないのは、自分だけではないらしい。

演技ができていない、それで演技をしているつもりなのか、という意味なのか、それとも演技ではなくキャラクターになりきって、憑依しているのか、という意味なのか。

「――演技、しています」

真意はわからないけれどそう答えれば、所沢は「ふうん」と言って考え事をするように自分の顎を擦った。そしてそれについて反応を返してくれるでもなく、くるりと背を向けてカメラのもとに戻っていく。

無意識に、匠の姿を探した。

当然今のやり取りを見ていた匠も、困惑気味の表情を浮かべている。その周囲にいるスタッフも同様だ。

春臣、大丈夫？

まるでそう問いかけてくるような心配そうな目を向けられて、内心焦る。

――匠にみっともないところ、見せた。

これくらいで失望されたりはしないだろうけれど、格好悪い自分を見せたくない。奥歯を噛み締めて、背筋を伸ばす。

──ちゃんと、しないと。もう二度と失敗しないって決めたんだ。

小さく深呼吸をし、すみませんでしたと目の前にいる共演者に頭を下げた。

春臣に頭を下げられたことで俳優たちもはっとした様子で居住まいを正し、いいのいいのと言ってくれる。周囲の空気が少し和らいだのを肌で感じた。

けれど、気合を入れ直したからと言って何事も改善されるということではない。

再び同じ場面から始まったが、先程と同じところで監督から容赦のない静止の声が飛んだ。

「だからね、えーと……」

怒っているというよりも、呆《あき》れているというか、困っているという声音に、春臣も狼狽《ろうばい》する。

「僕は、西尾くんに演技してもらいたいんだよなぁ……」

独り言のようにぽつりと言って、所沢は眉を顰《ひそ》める。所沢自身も、春臣にどう説明したものか、という顔をして言葉を探っているようだった。ひとさし指で顎を掻いて、「台本持ってきて」とスタッフを振り返る。

助監督の女性が手に持っていた台本をすぐに所沢へ渡した。ええと、と言いながら彼は頁《ページ》をめくる。

「そうだな、ここ、ちょっとやってみてくれる？」

「あ……はい」

所沢の指定したシーンは、春臣演じる此岸が哄笑《こうしょう》するところだ。

普段はそれこそアイドルスマイルのような、爽やかな笑顔を浮かべていた此岸の本性というか裏の顔が表に出る場面である。

こちらは原作やアニメでもインパクトのある人気のシーンで、ネット上でもよくネタにされたり、コラージュ画像が作られたりしている。

「はい、やって」

「あ、はい」

よーい、と所沢が声を上げ、手を叩いた。

春臣は、キャラクターを意識しながら声を上げて笑う。特にその演技において難しいプランを練ろうというつもりはなかった。

原作通り、キャラクター通りに演じ、は、と息を吐く。

「はい、お疲れ様」

ぱん、と乾いた手を叩く音に、顔を上げた。所沢は思案するような顔をしている。そして、春臣ではなく傍に控えていた俳優と女優たちを振り返った。彼らは此岸の助手役だ。

「君ら、今のどう思う？」

突然評価を委ねられた彼らは、ほんの少し頬を強張《こわば》らせた。

緊張気味なのは、自分たちも春臣と同じような目に遭うかもしれないと警戒しているのもあるだろう。

掃除アルバイト役の女優が、控えめに「よかったと思います」と答える。

「ふーん、どのへんが？」

「キャラクターに合ってたし、いいと思いました」

「うーん、そうね。君は？」

「悪くないっていうか、上手だと思いますけど。すごく此岸ぽくて、そっくりだし」

以前共演したことのある高遠逸生《たかとおいっせい》も、そう返してくれた。高遠は、此岸と敵対関係にある刑事役だ。

その返しに、所沢は何も言わず台本に視線を落としている。

見かねたように、所沢の作品に何度か出演している先輩役者・入曽《いりそ》が「所沢くん、なにが駄目なの？」とのんびり口を挟んだ。入曽は、此岸の助手役であるベテラン刑事の役だ。

「入曽さん。えーっと……入曽さんはどうでした？」

「えー？　そうね、俺も上手だと思ったけどな。西尾くん、ここ最近の若い子では抜群なほうじゃない？」

若い頃は恋愛ドラマの常連で、今はベテランと呼ばれる域に入った入曽の褒め言葉に、恐縮しつつも安堵《あんど》する。軽く頭を下げると、「あ、でも」と入曽が声を上げた。

「台本読みのときからちょっと浮いてる感じはあったかなぁ、確かに」

ドラマなどの現場では言われたことのなかった評価に、顔が強張る。勿論それがいい意味での評価ではないことはわかっていた。

「でもそれが彼の演技の癖だと思ってたから、俺はさほど違和感はなかったよ。他の子も結構それに合わせてきた？　引っ張られた？　って感じで均《なら》されて、あんまり気にしてなかったかな」

入曽のその言葉になにかが見えかけるが、答えに届く前に見失ってしまう。

――なんだろう、俺、どこでハマっちゃってるんだろ……。

焦りながらも、頭の中で台本やアニメ、原作漫画などを反芻《はんすう》する。けれど答えに行き着くより先に、所沢が小さく溜息を吐いた。

「僕ね、西尾くんに演技してほしいの」

「……はい」

先程と同じようなことを言われて、ただ頷くしかできない。自分ではしているつもりだが、できていないと言われて途方に暮れる。

所沢は癖なのか顎を掻いて黙り込み、「あのね」と口を開いた。

「――君のしてるそれは、声優さんのモノマネでしょ？」

思わぬ言葉に、頭を思い切り殴られたような衝撃を受けた。どこからか「きっつ……」という言葉が聞こえる。

自覚も意識もしていなかった演技への評価に、咄嗟《とっさ》に声が出なかった。

振り返ってみれば、先程高遠も「そっくり」と言っていた。無論彼も意識してそう許したわけではないだろう、所沢の指摘に瞠目《どうもく》している。

硬直した春臣に特に感慨のない目を向けてから、所沢は背中を向けた。

「本当は西尾くん自身に気づいてほしかったんだけどね」

抑揚のない科白に奈落へ突き落とされた心地がして、無意識に息を止めていた。

所沢がどう思っているのかがうかがい知れなくて、激しく狼狽する。怒っているようでも呆れているようでもないただ無感動な彼の声音に、心臓の鼓動が速まっているのが自分でもわかった。

先程の入曽の言葉の意味も、遅ればせながら悟る。

——浮いてる、っていうのは、声優さんの演技に似てたからか……。

役者という共通項はあるものの、舞台とドラマや映画、アニメでは、畑が違う。それらの役者を比較して一概に巧拙で語れないのは、そもそも役者として使用する技術が違うからだ。

恐らく原作やアニメを見ていた若手俳優がまったくその違和感に気づかず、入曽が「浮いている」と感じたのはそのあたりだろう。入曽は顔合わせのときにも、原作には目を通したがアニメは視聴していない、と言っていた。

監督の言葉を反芻し、愕然《がくぜん》とする。

——そんなつもりは、なかった。けど。

確かに、アニメ版のイメージを強く持ちすぎているかもしれない。オーディションが始まってから、繰り返し見続けていた。総《すべ》てのシーンが、頭の中にある。

だがそれが裏目に出るなんて、想像もしていなかった。

「さて、答えがわかったところで続きしてもいいかな？」

「は……はいっ」

自分なりに作ったつもりの演技プランを「モノマネ」と評されたら確かにその通りで、けれどすぐには別の道が思い浮かばない。今までどうやって演技をしていたかもわからなくなり、気ばかりが焦る。

昨夜も読み合わせに付き合ってくれた匠が、不安そうにこちらを見ていた。

共演者の表情にも動揺が浮かんでいる。入曽に「引っ張られた」と評されたからだろう。彼らも無意識に、アニメ版の演技に寄せていた可能性があった。

だが、変えなければと理解したところですぐに別の演技ができるわけもなく、その後もリテイクが繰り返され、ついに所沢が「別のシーンを先に撮ろう」と言い出した。

「えっ……」

「今日はもういいよ」

見捨てられたような、死刑宣告を受けたような気持ちになり、ざあっと血の気が引く。

春臣は無意識に「監督」と呼び、所沢のもとへ駆け寄った。

「あの、もう少しやらせてもらえないでしょうか」

縋《すが》るように頼んだもののあっさりと却下され、小さく息を呑《の》む。

「駄目」

「今何回かやってみて自覚あると思うけど、君がしているのは『小金井くん』の演技でしょ。今日多分、切り替えられないから無理だと思うよ。このままやり続けても、時間が勿体《もったい》ない」

淡々と告げられる容赦のない言葉に、春臣は立ち尽くした。

大声で言ったわけではないのに、現場が静まり返っていたせいで所沢の言葉は撮影所の端にまでいる全員に届いただろう。

現場の空気が、一気に冷えた。

自分が言われたわけでもない共演者たちも、皆無言だ。

所沢はその空気に今更気づいたのか、「あー、えっとね」とのんびりと口を開く。

「誤解される前に言っておきたいんだけど、僕は彼に怒ってるわけでもないのね。困ったなとは思ってるけど」

春臣だけではなく、周囲に向かって所沢がそう説明する。

はっきりと「困った」と言われて、己に伸し掛かる重力が増したような心地がした。この場合は怒っていると言われたほうがマシな気がする。だがきっと、所沢は怒ったりはしないのだ。

「でも、こういうのって一回はまりこんじゃうと抜けるの難しいと思うから。役者さんは、それわかるでしょ。だから西尾くんは一旦休憩」

あっちへ行っていろ、と言われたも同然で、けれど返す言葉もなく、すごすごと退場する。

休憩用に置かれたパイプ椅子に腰を下ろすと、スタッフは皆春臣から距離を取った。

——今なにか慰められたら死にたくなりそう。

ありがたい、と現場の大人たちの気遣いに感謝しながら項垂《うなだ》れる。

そんな中、近づいてきたのは匠だった。ペットボトルのミネラルウォーターにストローをさしたものと台本を、そっと手渡してくれる。

ありがと、と唇だけを動かして告げると、匠はほんの少し眉尻を下げて笑った。

匠が傍にいるだけでほっとするけれど、こういう、格好悪いところを見られたら地面に埋まってしまいたい気持ちにもなった。

マネージャー相手なのだから弱い部分を晒《さら》してもいいのだけれど、男としての恋心が邪魔をする。

はあ、と溜息を吐いて、匠が持ってきてくれた台本を捲《めく》った。

——……どうしよう。全然、わからない。

台本の文字列を目で追う。

演技をしてほしい。西尾春臣の演技を。それは小金井くんの演技でしょ。

平坦《へいたん》な声で告げられた言葉が、頭の中をぐるぐる回って思考するのを邪魔してくる。

原作を追いすぎた弊害だろう、文字を目で追うと、アニメの映像が重なってしまう。主役の演技――発声や抑揚などがはっきりと思い出された。

ぐっと唇を嚙み、項垂れる。

――俺、今までどうやって演技してきたっけ。

気ばかり焦って、演技プランを練り直すこともできない。

そもそも子供の頃から憑依芸を得意とし、あまり「演技をしよう」と意識したこと自体がなかった。

このところ演技を褒められることが多く、驕《おご》っていた部分もあったかもしれない。絶対成功させるんだ、なんて意気込んでいた数日前の自分を思い出して羞恥心が湧いて、台本を持つ手に力が入る。

その後、メインの出番ではないところではどうにか参加することができたが、そちらも「まあいいか」といういかにも妥協した感じの言葉が返ってきて胸が冷えた。

「あの」

春臣が声をかけようとするより早く、他の共演者が監督に挙手をして声をかける。彼は、此岸の事務所でアルバイトをしている男子学生の役どころだ。年齢は、春臣の二つ下だと言っていた。

「なに？」

「春臣くんの演技、やっぱりそんなに悪いと思わないんですけど……」

その発言にぎょっとしたのは、彼のマネージャーと、彼とも面識があるらしい高遠だった。

春臣も、疲弊したまま彼を見る。

「アニメ版と似てるっていうのだって、ひとつの演技プランなんじゃないですか」

フォローしてくれるのはありがたいが、春臣自身が既に壁にぶつかってしまっている。この場でたとえアニメ版と同じ演技でいいよと言われたところで、春臣の今後の役者人生に関わることがなにも解決しない。

だから、ここは監督の言う通りで、それに対して春臣本人に異議はない。だが彼の主張は、春臣のフォローが目的というばかりではないのだろう。

「だって、アニメ版が大ヒットしてて、それはもう動かしようのない事実じゃないですか。どんな作品だって、絶対アニメ版と比較されてます。実写化すると、声優の演技のほうが断然上だって、必ず言われるじゃないですか」

おい、と高遠が窘《たしな》める。

彼は、顔合わせの際に原作ファンだと嬉しそうにしていた。春臣にも「リアル此岸ですね！」とよく声をかけてくれる。

アニメ版の真似《まね》ではなく自分で演技をして、と言われたことが、まるでアニメ批判のように捉えられてむきになっているのかもしれない。

「すみません、こいつアニメオタクだから熱くなっちゃって」

そう仲裁に入ろうとした高遠を押しのけて、彼は監督へ迫る。

「春臣くんの今の演技なら、ファンも納得します。ビジュアルだって原作に近いし。だったらアニメ版のディレクションに寄せるのもありなんじゃないんですか」

おい、と高遠が小声で叫びながら周囲を見渡す。彼のマネージャーと思《おぼ》しき中年男性が慌てて走ってきて「申し訳ありません、生意気な口を利いて」と頭を下げた。

黙って聞いていた所沢は、ふむ、と頷く。

「まあ、君の言うことも一理あるよね。ファンが望んでいるのは『再現度の高さ』だと僕も思う。つまり『原作へのリスペクト』と『原作への理解度の深さ』なんだろうとね。特に、元が二次元だと『完成度』は『再現度』とほぼイコールの扱いのときがあるのも知ってる」

あっさり肯定した所沢に、興奮気味だった彼は少々拍子抜けしたような顔をする。

「僕もね、原作ありの作品に無闇にオリジナリティを加えるのは好きじゃないんだ。映像化でしかできない自分らしい作品にしたいとか、大人の事情で原作にないキャラクターを無理矢理作ったりとか、キャラクターの性別を男性から女性に変えたりとか。大幅に変えてオリジナリティを出したいなら、それは自分でオリジナル作品を作るべきだよね」

尺の問題で削らなければならない、あるいは原作通りでは齟齬《そご》が出てしまう場合、映像化にあたってどうしても無理筋な場合などは変えざるを得ないけど、と所沢が付け加える。

所沢がつらつらと話しはじめた賛同のような言い分に、彼は振り上げた拳を徐々に下ろさざるをえなくなる。

「そ、そうです」

「――でも、芝居においては、どうかなぁ？」

所沢は憤慨しているわけではない。

ただ不思議そうに首を傾げているだけだが、妙な威圧感があって、彼だけでなく春臣も気圧《けお》されて黙り込んだ。それは多分、他の共演者たちも同様だ。

「そもそもさ」

所沢が、春臣のほうへ顔を向ける。

「アニメ版が正解だっていうなら、西尾くんいらないよね？」

ばっさり切り捨てるような発言に、誰かが息を呑むのが聞こえた。もともと低かった現場の温度や気圧が急激に下がったような錯覚に陥る。勿論そんな結論を導き出すつもりはなかったであろう彼は、顔面蒼白《そうはく》だ。

そんな空気を感じているのかいないのか、所沢は指先で頬を掻きながらまだ思案するような顔をし、うーん、と首を捻《ひね》った。

「あ、違うか。西尾くんだけじゃなくて、俳優は全員いらないね。声優に頼めばいいってことだもんね」

「所沢！」

撮影が始まったばかりだということで様子を見に来ていたプロデューサーの小関《こぜき》が、見かねたように声を上げる。所沢に絡んだ俳優はもはや息も絶え絶えで、真っ白な顔で硬直していた。

「なに」

「なにじゃない。お前はそんなつもりないかもしれんが、威圧すんな。強烈な嫌味を言うな！序盤からこんなに空気悪くして、お前、このあとの撮影どうするつもりだ！」

「……悪くなってる？」

所沢は、意外なことを聞いた、と言わんばかりの顔をした。

盾突いた俳優に怒って嫌味を言ったというわけではなく、淡々と思ったことを口にした、ということだ。そのほうがただの嫌味よりもずっと恐ろしい。

所沢は小関の叱責に、へー、そうか、とまるで他人事《ひとごと》のように呟《つぶや》いていた。

「っ、この……所沢組！　休憩！」

小関の声に、はい！　と助監督の女性が慌てて動く。所沢組と呼ばれる彼のチームが、ほとんど無理矢理所沢を引っ張るようにしてぞろぞろと撮影現場を出ていった。俳優を置き去りにスタッフが出ていくのを、皆ぽかんと見送る。

彼らが出ていったあとに小関が所沢は怒っているわけでもないし、キャストを変更する気もない、あれはただ思ったことを口に出してしまうタイプだ、と苦い口調でフォローをしてくれたが、現場の温度は上がりきらなかった。

このまま降板させられるのではと戦々恐々としていた俳優とそのマネージャーが震えながら胸を撫で下ろしていたが。そしてYDSプロダクションに睨まれたくもなかったのだろう、春臣とマネージャーの匠にも何度も何度も頭を下げた。彼は一応、春臣のフォローをしてくれたので、結果がどうあれ怒る理由もない。

——それより一番ショックなのは、監督の意見に反論の余地がなかったことだ。

アニメ版が正解ならば俳優は必要ない、というのはものすごく極端な意見だし、まだ撮影がスタートしたばかりで相互理解も進んでいない状態ですべき発言ではないが、間違いではない。

だからこそ、胸に刺さった。

——匠に、呆れられたらどうしよう。……俺の、こんな情けないところ見せて……。

「——春臣」

呼びかけに、はっと顔を上げた。

監督が戻ってくるまでに空いた時間、控えていた匠が寄ってくる。ほっとして縋ってしまいそうな、見ないでくれと突っぱねてしまいそうな、相反する気持ちに襲われながら、なんとか笑みを作った。

匠は、なにも言わずに春臣の背中に手を置く。優しくぽんぽんと叩くその掌《てのひら》のあたたかさに、無意識に強張っていた体からほんの少しだけ力が抜けた。

「春臣、ごめんね。こんなときだし最後まで一緒にいたいけど、会社に呼び出されたから俺、行くね」

そういえば、今日は朝から「もしかしたら夕方抜けるかも」と言われていた。もうそんな時間か、と時計を見る。

「うん……気をつけて」

「本当にごめん、こんなときに。なにかあったらすぐ連絡入れて」

ごめんね、と何度も言って、匠は後ろ髪引かれる様子で現場をあとにする。その背中を見送り、ひとりの心細さを覚える一方で、情けない姿をこれ以上見られないことにどこか安堵している自分もいた。

——……違う。匠は今日は予定があったから。……俺が、見捨てられるわけじゃない。

そう心の中で繰り返していないと、心が揺れそうになる。

昔、脇役で立った舞台に匠を招待したら、以降疎遠になってしまったことが少なからず春臣のトラウマになっている。

あとから聞けばただの早とちりで勘違いだったのだが、一度は主役を張るはずだった自分が、科白もほとんどないような役しかもらえない不甲斐《ふがい》ない姿を見せて失望させてしまったのだとずっと引きずっていた。

それが誤解だったとわかった今でも、不意に胸にひっかかるときがある。

自分ばかりが言われた言葉ではなかったが、所沢の「いらない」という言葉は、春臣のトラウマを思い出させる引き金となった。


一日経過したからといって、すぐに新しい演技プランを作れるわけでもない。

翌日の撮影も、なかなかに長引いた。勿論原因は春臣だ。次の日も、その次の日も春臣はNGを重ね続けた。原作者の立川が見学に来た日などもあったが、やはりNGを出して情けない姿を見せてしまった。

それでも、指摘を受けた日からは、撮影自体は順調に進んでいる。アニメ版にはない科白やシーンなどではスムーズに進むことがわかっていたため、プロデューサーや監督がそちらを優先して撮影を進めていたからだ。

「カンを取り戻させてもらっているのかも」と言ったのは匠だったが、春臣はどちらかといえば執行猶予を与えられているような心地で、数日かけてどうにか演技プランを定めていった。

最初に指摘された「アニメ版のモノマネ」にならないように、春臣自身は頑張っているつもりだ。だが頑張っているということ自体が既に気が散っているということでもあり、一方で演技に没頭するとどうしてもそちら側に寄ってしまうこともあって、その度にNGとなる。

ただ遠ざけることにばかり気を取られていると、今度はキャラが違いすぎたり、棒読みになったりしてしまうので注意を受けた。一方で、同じ科白を喋《しゃべ》るのに、甚だしく感情の乖離《かいり》した演技をするわけにはいかない。

その微妙なところがまた難しい。何事も器用にこなせるつもりだったが、自惚れだったと思い知った。

そして見守っている匠の視線に、心が乱れる。

「――此岸、ちょっとおいで」

役名で所沢に呼ばれ、「はい」と返事をして駆け寄る。

先程撮影したばかりの映像をモニタに映し、所沢が「見て」と言った。先程NGを連発したシーンを、別カメラで引きのアングルで撮影したものだ。

こちらはアニメ版にもあるシーンで、事務所内での、助手役たちと刑事たちとの遣り取りがある。高遠演じる刑事が、此岸に疑いを持ち迫る場面だ。

他の俳優も春臣の緊張につられてか、科白を飛ばしたり、言い間違えたりしてNGを連発し、地獄のような時間となってしまった。

ようやくOKテイクが出たが、もはや出来栄えを気にしている余裕はなく、それも春臣の落ち込みの原因だ。

「これがNGね」

そう言って、所沢が動画を再生する。

こうやって俯瞰《ふかん》で見てみると如実にわかるが、確かに自分の演技はアニメ版の小金井のものとよく似ていた。息遣いや抑揚などが、まるっきりそのままだ。

二人で動画を見ていたら、いつの間にか他の共演者たちも集まっていた。その中に、匠の姿もある。こちらの視線に気づいて匠が苦笑した。

「で、こっちがOK」

先程撮ったばかりの動画が流れる。あ、と誰かが小さく声を漏らした。

NGテイクが悪いわけではない。それだけで見たらなんの違和感もなかったかもしれない。

だが、比較してみてはっきりわかった。

「ね、違うでしょ」

――確かに、全然違う。俺、本当に「真似」してる。

自分の演技が、やけに周囲から浮いているのもはっきりわかった。

――まず、声に距離感がないんだ。

此岸にとっては見せ場のシーンだ。漫画では大ゴマで科白には傍点がつき、アニメでもアップで映される。ほとんど独白の状態で画面に映っている決めのシーンなので、アニメ版声優の小金井は恐らく敢えて声を張ったのだ。

――だけど、これは別に此岸が威嚇してる場面じゃない。アニメでは演出上声が目立つほうが合っているけど、この状況で、人と会話しててこんなふうに声を張るのは変だ。それに、この動き。

こちらも、アニメでは身振り手振りを加えながら大げさに動く。NGのテイクは、まさにそのトレースをした動きになっていた。

舞台ならありかもしれない、とも思う。だがほとんど棒立ちの共演者に混じっていると、ひどく浮いて見えた。

そして、共演者や撮影スタッフに気取られているかはわからないけれど、自分が演技中に相手の声を聞いていなかったことにも気付かされた。相手の会話を受けて話していない。ただタイミングを測って科白を言っているだけだ。

春臣の演技がこうだから、周囲もそのノリに引っ張られてしまってNGになっているということもあるのだろう。

――俺、相手の声すら、アニメ版と重ねてたかもしれない。

なんて独り善がりな演技だろうと、遅ればせながら気付かされて赤面する。憑依芸だなんだと褒められたこともあったけれど、これでは憑依ではなくコピーだ。確かに、モノマネでしかない。

「緊張して疲れてて、みんなぎこちなくなってるけど、それでも僕はＯＫテイクのほうがいいと思うよ」

「これでぎこちないって言っちゃうのは厳しいんじゃないの監督」

入曽がそう混ぜっ返すと、所沢は無表情のまま「そう?」と首を傾げる。だが所沢の言葉に異論を挟む者はいない。

所沢に意見した若手俳優も、二つの動画を比較してみて、所沢の言いたいことがわかったらしい。彼も春臣同様、頰が赤かった。

自分の悪い部分がわかっても、それでもすぐ軌道修正できるほど春臣は器用ではないと、これ以上ないほど自覚させられる。

その後もコンスタントにＮＧを出し、その日の撮影を終える頃には相変わらず身も心も疲弊していた。

だが、少しだけ道が開けたような気がしたのも本当で、クランクインの前に楽しもうとしていた気持ちが僅かばかり戻ってきたようだった。

「――お疲れ、春臣」

解散の言葉とともに、匠が駆け寄ってくる。また格好悪いところを見せてしまったと心が沈んだが、強張っていた心がほっと和らいだ。

「……うん、お疲れ様」

無意識に匠のスーツの袖を引く。匠が、少し困った顔をした。その意味を考えるのも怖くて、匠の肩口に額を乗せる。春臣、と呼ばれ、匠に胸を押し返された。

「帰ろっか」

優しい声に、頷く。情けない姿を晒して落ち込むけれど、やっと匠と会話できたのは嬉しいし、緊張も嫌な気持ちも和らいだ。

このまま縋り付きたい気持ちを抑えながら、撮影所を出る。

駐車場に向かって歩いていると、高遠に「お疲れ」と声をかけられた。ご迷惑をおかけしてすみませんと頭を下げる。

「あんまり落ち込みすぎるなよ」

「はい……大丈夫です。なんとか、道が見えてきた気もするので」

メンタルがやられていることなどお見通しのようで、高遠はまるで子供にするように春臣の頭を撫でた。龍と友達なこともあってか、二人ともよくこうして頭を撫でてくる。

「勘が良くて器用だから、コツ摑んだらすぐ巻き返せるだろ。じゃ、また明日」

「はい、ありがとうございます。お疲れさまでした」

じゃあなと手を振って、高遠は彼ご自慢の愛車に乗り込み、去っていく。匠が「いい先輩だね」というので、こくりと頷いた。

駐車してある社用車の運転席に匠が乗り込む。助手席に乗り込んだら「こらっ」と叱られた。

「いつも言ってるだろ、タレントは後ろ！」

「えー……」

「助手席は一番危ないんだから、特に夜は駄目」

「……はぁい」

渋々降りると、シートベルトも締めるんだよと小言が飛んでくる。はいはいとおざなりに返して、大人しく後部座席へ乗り込んだ。

春臣がシートベルトを締めたのを確認してから、車が動き出す。匠の運転は、本人の性格と同じでゆったりしていて慎重だ。

「――春臣、今日はどうだった」

「……相変わらず、全然駄目だったよね」

匠は撮影所に控えていたので、知っているはずだ。なんでそんな質問をするんだろう、と思ったのが声に出たのか、ミラー越しの苦笑いが見えた。

「そんなことないよ」

「そんなことあるよ。……慰められると、なんか、却って惨めになる」

弱々しい声で後ろ向きな発言をしてしまい、はっと口を閉じる。ＮＧを出すよりももっと情けない姿を晒してしまったと天井を仰いだ。

今までドラマなどで「演技に問題がある」と指摘されてNGを食らうことはなかった。周囲からの評価も高かったし、自分でも特段上手だと自惚れていたつもりはなかったが、下手だとも思っていなかったのだ。

上手くいってばかりだから楽しかったのかもしれない。注意されてべっこりとへこむのは自惚れの証明だ。

——恥ずかしすぎる。

己の驕りを指摘され、そんな姿を恋人に見られるのは、これ以上ない羞恥だ。

無意識に顔を擦っていたら、「春臣」と声をかけられた。

「なに？」

「……辛《つら》い？　やめたい？」

「やめたくない！」

悩む暇なく、瞬時に否定の声が上がったのに、自分でもびっくりしてしまう。そして、自分自身もやめたくないという強い思いがあるのだとそんなことで確認できてしまって、安堵した。

半ば浮かせていた上体を、シートに凭《もた》れかける。

「絶対やめない。……辛いし、しんどいし、迷惑かけまくってて死ぬほど申し訳ない気持ちに毎日なってるけど、でも、やめたくない」

無論、ここまで来て辞退も降板もありえないけれど、もしもの話だったとしても絶対にやめたくない。

「なにより、これが自分の役者人生にとっての重要な大きな変わり目のひとつだって思うから、絶対逃げない」

取り繕うことなく本心を吐露すれば、「そっか」と優しい声が返ってきた。

「そうだね。うん。……でも俺からしたら、そんなに絶望視するほどやばくは、やっぱり見えないけどね」

「いやもう、やばいよ。毎日恥ずかしい思いをしてますよ。俺は」

驕り高ぶっていた己を省みて、壁に頭を打ち付けたくなるほどだ。

「そんなことないって。今日、監督に動画見せてもらってから、やっぱりちょっと変わったよ。春臣」

「……そう？　そう思う？」

うん、と匠が力強く頷く。打開できたような気持ちを保証してもらえたようで嬉しい。

「NGの数だって減ったし、一発でOKもらえたところだってあったでしょ。ちゃんと変えられてる、変わってるってことだよ」

春臣のファン第一号だと言って憚《はばか》らない匠は、身内の欲目のようなものもありつつも、絶対に嘘は吐かない。

このところずっとあった塞ぐような胸の苦しさが、ほんの少し楽になった。

「それでね、今日ちょっと監督との遣り取り見てて思ったんだけど、一旦自分で動画撮ってみるっていうのはどうかな？」

「えっ？」

匠からの提案に、思わず背凭れに寄りかかっていた身を起こす。

「どういうこと？」

「うん、春臣ってトレースするのが得意だっただろ」

匠は、以前コンサートでバックで踊っていたときのことや、子供の頃にテレビの子役の演技を真似したことを例にとり、春臣の癖を話す。

「春臣って没頭系でもあり憑依系でもあると思うんだよね。それって似てて非なるものっていうか……今回は憑依系の特色が裏目に出た感じっていうか。春臣の場合、下手に手本があるほうが外しにくいところあると思うんだよね」

「あ、うん。それはそうかも」

言われてみれば、先輩のバックでダンスを踊っていたときは、癖のない先生の動きか、先輩のダンスをそのままトレースしていた。自分のダンスなどというものは春臣にはない。

つまり、モノマネしかしたことがないのだ。

「あ、でもそれってやっぱり身体能力の高さとか、春臣がそもそも上手っていうのが根底にないとトレース自体も実現しないんだけどね！」

フォローというよりは自慢げなその言い方に、小さく笑う。

とはいえ、匠は別にフォローをしているつもりがないので、勝手に春臣の心が軽くなってしまっているだけだけれど。

「それでね、定着しちゃった記憶を消すのってすごく難しいと思うんだ。だから、自分の演技で上書きしてみるっていうのはどうかな」

「上書き？」

思わず鸚鵡《おうむ》返ししてしまう。

「そう。自分の演技見てて『あ、違う』って気づくことはできたよね？」

こくりと頷く。

所沢に映像を見せてもらっていたときに、匠は映像と春臣の両方を見ていてくれたようだ。

匠の提案はまず無心の状態、つまりモノマネと言われた演技をしたものを撮る。確認して、演技を調整する。調整した演技を撮って再度確認し、頭の中で定着させるというのはどうか、ということだった。

「とんでもなく時間はかかるかもしれないけど、そういう方法でやってみたら――」

「――それだ！」

思わず身を乗り出して叫ぶと、運転席の匠が「わっ」と声を上げた。真横に春臣の顔があることに気づいて、「危ない！」と注意する。

「春臣、ちゃんと座って！　危ないから！」

「ありがと、匠！　なんか、いけるかもしれない！」

勿論、調整した演技が「正しい」ものとは限らない。だが、目的は「無意識に真似てしまうことの阻止」なので、匠の提案は有用なものに思えた。

今日、映像を見せてもらったこと以上に、塞がれていた眼前の道が急に開かれたような心地になり、ほっと口元を緩めた。

「よかった」

ぽつりと呟かれた匠の言葉に、目を瞬く。

「最近、春臣全然笑ってなかったから心配してた」

「匠」

「俺、楽しそうに演技してる春臣が、ほんと好きだから」

少し照れたように言う匠に、胸がぎゅうっと苦しくなった。たまらず「うう」と呻《うめ》くと、匠が「えっなに」と狼狽《うろた》える。

「なんで運転中にそういうこと言うの……運転中じゃ抱きつけないでしょ⁉」

「なに言ってんの春臣」

冷たいツッコミが返ってきたが、その声に照れが含んでいるのを聞き逃さない。

「せめて助手席だったら手くらい握れたのに、匠ほんとひどい。……ねえ、ちょっと路肩に停《と》めてよ。キスしたい」

「馬鹿だろ！　できるか！」

間髪を容《い》れずに罵られ、二人揃って笑ってしまう。

そう言われてみれば、演じていて楽しい気分になることだけでなく、こうして他愛のない会話で笑ったのも久しぶりな気がした。モノマネと言われ、演技に迷ってから、匠と一緒にいても悩み落ち込み続けていた気がする。

いつも隣りにいてくれる匠はそのことに気づいていただろうに、なにも言わず傍に控えてくれていたのだ。

——さっきのは半分冗談だったけど……。

改めて、愛しさが胸にこみ上げてきて、匠に触れたくて堪らなくなった。

——でも運転中にこれ以上言ったら照れるだけじゃなくてガチで怒らせるかな。

ここは大人しく手を引かねばと、名残惜しい気持ちを抱えながらシートに凭れかかる。

ほんの十数秒の間のあと、「えっと」と匠が口を開いた。

「ここじゃ駄目だから……家まで我慢しよ」

ぼそぼそと紡がれた言葉に、思わず目を剝《む》く。

我慢「して」ではなく我慢「しよ」だったのも、春臣だけでなく匠も我慢している、という意味を含んでいるので余計に嬉しくなる。

普段は恥ずかしがってお誘いをしてくれることもない匠が、無意識なのかどうかわからないが誘うようなことを言ってくれるなんて思いもよらなかったので、喜びもひとしおだった。

「匠」

「……なに」

「家についたらめっちゃするから」

「……どういう宣言だよ、ばか」

そう切り返しながらも、匠の声には動揺とともに期待が入り混じっていた。

「……そういえば匠、他の現場に行かなくてもいいの」

撮影が折返し地点を過ぎた頃、帰り道に夜の首都高速を走る車の中でふとそんな疑問を口にすれば、運転中だった匠が微《かす》かに目を瞠《みは》るのがミラー越しに見えた。

「どうしたんだよ急に。前まで『俺の専属だったらいいのに』とか言ってたくせに」

朗らかに指摘する匠に、春臣は眉根を寄せる。

確かに幾度となく口にした科白だ。今でもそう思っているし、今後大きな成功をおさめて事務所の中でも押しも押されもしないトップになったら、絶対に匠を専属にしてと社長に直談判しようと目論んでいる。

「そうだけど、俺の現場にばっかりいていいのかなって」

「ご心配なく。春臣が気づいてないだけでちょこちょこ抜けてるし、他の人に担当してもらえるところはお願いしてるし、俺が同行しなくていいことも多いし。それに、一応行かなきゃいけないときは行ってます」

そう、と力なく返すと、匠が小さく吹き出した。

「なんだよ。俺、邪魔?」

「そ、そんなことない！」

匠と一緒にいると自分が駄目だったときのダメージが大きいのも事実だ。匠に見ていてほしくて、匠に見つけてほしくてこの仕事を選んだのだから。

匠が傍にいてくれるだけで、安心する。所沢にダメ出しをされてぼろぼろになっているときに、匠がそこにいるのを見るだけで少し落ち着きを取り戻せるのだ。

はあ、と嘆息する。

「……あー……せっかく自撮り戦法で乗り切ったと思ったのにー……」

顔を押さえて、足をじたばた動かすと、匠に「揺れるって」と笑われた。

匠が提案してくれた「自撮り戦法」は、春臣が想定していたよりもうまくいった。勿論演出の相違で一発OKになることは少ないが、それは撮影においては当然のことなので、ダメージを受けることはない。

今では監督から「モノマネ」と評されることもあまりなくなっていた。周囲の俳優たちにNGの連発で迷惑をかけている自覚もあったので、やっと心苦しい状況から脱したと思っていたのだが。

「……原作にないシーンで躓くのは想定外だった……」

聞きようによってはとんでもなく傲慢な科白を口にする春臣に、匠も「ねー」と同調してくれる。

「でもあれは躓いたっていうか、まだ始まってもなくない？」

「始まってもないところで躓いてるってことだよ……」

ふふ……と暗く笑って言えば、卑屈になるなって、と注意された。

躓いたというのは、厳密には「原作にない」のではなく「詳細が描かれなかった」シーンだ。撮影当初に龍がセッティングしてくれた飲み会で、立川と小金井に訊いていた「主人公の此岸が、人生で初めて人を殺した場面であり、それが彼をシリアルキラーへと変貌させた」という重要な場面である。

そのときは二人とも「演出は監督とすり合わせたほうがいいよ」と明言を避けていた。

ト書きには一応「泣きながら首を絞める」と書いてあるのだが、それだけだ。そのシーンと前後した場面は撮り終えていて、諸々を踏まえた上で撮影に臨もうとしたが、所沢から「待った」と言われてしまった。

「やる前から違うって言われちゃあ、どうすることもできねえよ……」

少々芝居がかった口調で後ろ向きな愚痴をこぼすと、「こら」と叱られる。

「あれは春臣の演技が違うっていうより、みんな答えが出ないから後回しってことだったろ」

あまり悲観的になるなという忠告に、一緒だよ、と愚痴る。

カメラが回る前、所沢や演出家、脚本家、プロデューサーなども交え、どのような演技プランでいくのかを訊かれた。それが数日前の話だ。

考えてきた演技を伝えたら、先の通り待ったがかかった。

どうやら制作サイドでも意見が食い違っているそうで、ひとまず件のシーンを撮るのは後回し、保留となったのだ。

脚本家は春臣の演技プランに同意していたが、所沢と演出家の意見が分かれ、わかってはいたが多数決で採用、とはならなかった。ただ所沢も「俺の言う通りやれ」というワンマンタイプの人ではないので、本当に演出に迷っているのだろうことはわかる。

「因《ちな》みに、春臣はどういう演技する予定だったの？」

「俺は『号泣』」

作者の発言である「大泣き」という文字を見て、なんの疑いもなく「大声で泣き叫ぶ」というのを考えていた。

主人公が大声で笑うシーンが有名なこともあり、巷でも同じように捉えているファンが多い。考察しているファンも、「号泣派」が多そうだった。

だが、「大泣き」と「号泣」は厳密には違う。色々な範囲での解釈が可能な「大泣き」という言葉を敢えて使ったことに意味があるのでは、というのが所沢の意見だ。

「結局、監督の考えがまとまるまで……っていうか、全体のバランス見て後回しにするんだって」

これを聞いて、監督も原作者の立川から答えを聞いたり相談したりしていないのかな、と少し思った。立川は、アニメ版のときも誰にも教えなかったのだろうか。

「なるほど……重要なシーンだから、そのほうがいいのかもね」

もともと、映画やドラマは頭から順序よく撮っていくわけではない。他とのバランスを見て後回しにするというのは、わりとよくあることだ。演技がつながらず、撮り直しになることもままある。

「ていうかここまで引っ張ったら、映画でも省略したほうが良さそうな……俺は演者じゃないからそう思うのかもしれないけど」

実際、そういった声が上がっているのは知っている。高遠など、共演者が割とエゴサーチやパブリックサーチをするタイプが多く、この映画のことも毎日のように検索しているのでよく前評判は耳に入っていた。

件のシーンについては「答え合わせが来る」という意見もあれば「公式が解釈違いになったら嫌だなー」という意見もあるそうだ。恐らく匠は後者に近い心情なのだろう。

議論が巻き起こる状況というのは、ファンの側にも答えができ上がってしまっているということで、恐らくなにを出しても文句は出るに違いない。

「演出家さんはそっちを支持してるみたいだよ。原作漫画どおり、省略」

「あ、そうなんだ」

「うん。やっぱり『解釈違い』って言われたくないのと、『受け取り手次第』っていう演出もありなんじゃないのかって。アニメ版みたいにシルエットにして撮ろうかって。それは監督的には絶対駄目みたいだけど」

なるほどねえ、と匠が頷く。

「そうそう、さっきの話だけどね」

「さっき?」

「他の現場に行かなくていいのか、ってやつ。タイムリーだけど、明日から暫《しばら》く春臣の現場行かないから安心していいよ」

「えっ!?」

思わず大きな声を出してしまい、慌てて口を手で押さえる。

「な、なんで？」

自分から遠回しに他の現場に行ってほしいというようなことを言っておきながら、いざ本人からその申し出を受けるととんでもなく狼狽してしまうなんて、我ながら勝手だ。

やっぱり、不甲斐ない自分に呆れてしまったのだろうか。

匠が小さく笑って、「別に、悪い意味じゃないよ」と否定する。

「さっきも言ったけど、同行しなきゃいけない場面ってのになったのと、明日からは都内の撮影でしょ。俺の送迎がなくても一応なんとかなる距離だから、暫く同行はできないよ、ってこと」

「そっか……」

ほっと胸を撫で下ろす。見捨てられたわけではないことと、懊悩《おうのう》しながらNGを連発する場面に同席しない可能性が高くなったことに、安堵した。

「一応ねー、色々俺にも他の仕事はあるんですよ」

少々おどけた口調で言って、匠が笑う。暇だなんて思ってないよと首を振った。

「あと、清瀬《きよせ》がミュージカル決まったから、その顔合わせとかが続くんだ。なので、他にも打ち合わせとか会議とかあるんです」

清瀬は、匠が担当しているタレントだ。以前からミュージカルに興味があると言っていたが、やっと決まったらしい。

「あっ、清瀬決まったの？　あとでお祝い言っとこ」

「うん、そうして。喜ぶと思う。もしかしたら本人からメッセージ行ってるかもよ？」

撮影中は原則、携帯電話の電源は切りっぱなしにしている。終わってからも電源を入れ忘れたりすることも最近は多く、むしろ自宅に忘れることもあった。

鞄《かばん》に入れっぱなしだった携帯電話の電源を入れると、匠が言うとおり、清瀬からのメッセージが届いていた。

おめでとう、とスタンプを送っていたら、匠が「そういうわけで」と口を開く。

「暫くは同行できないけど、なにかあったらすぐに連絡入れて。あと、俺がいないときは絶対スマホを持ち歩くこと。電源に気をつけて」

「うん、わかった」

「あと、今日も打ち合わせがあるから、遅くなったり帰れなかったりするかも。待ってなくていいからね」

匠が同じマンションに引っ越してきてから、月の半分以上は春臣の部屋に来ていた。半同棲状態だが、二人の間で決めたルールがある。

どちらかが休みのときを除いて、起床や就寝の時間が合わせられない場合は一緒に寝ない。

例えば、匠が春臣の仕事に同行する場合は朝も同じタイミングで起きられるので一緒に寝られる。春臣が昼すぎ起床、匠は朝から打ち合わせ、という場合は別々に寝る。

春臣は別に気にしないのだが、匠が「春臣の睡眠時間を邪魔したくない。ゆっくり寝てほしい」というので、この決まりができた。でもよく考えたら、そういう気遣いは春臣のほうが忙しいマネージャーにしてあげるべきだったなと反省している。

「……わかった。でもなんか急に、別現場の仕事増えたね」

「あー、そうかもね」

回せる仕事は他に回している、という話だったが、こちらの撮影期間も残り半分以下となったことで匠が担う機会が増えたのかもしれない。

「最近打ち合わせも多いね？」

先日も、打ち合わせがあるといって抜けていった。

春臣の問いかけに、ふと匠が黙り込む。「匠？」と呼ぶと、匠ははっとして笑顔を作った。

「そうだねー。すっごくありがたいよ。他のメンバーも仕事増えてきたからね、このところ結構打ち合わせ続いているね」

ハンドルを握りながら、匠が嬉しそうに言う。匠が入社して春臣たちを担当した頃は、仕事がもらえているメンバーはほぼいなかった。匠の仕事は売り込みや社内会議などが主だった。

「ふうん……」

拗ねた声色になってしまったが、匠はそれに気づかず「この調子で、皆ガンガン売り込むよ！」とやる気を漲《みなぎ》らせる。

そんな姿が眩《まぶ》しくて、少し憎い。

――我ながらめんどくせー……。

情けない姿を見られ、落ち込んで、いっそ見ないでほしい、と思っているのも本当で、それで果てしなく滅入っているというのに、匠が自分ではない他のメンバーにかまけていると嫉妬してしまう。

清瀬や秋津《あきつ》の仕事が増えて、それを良かったねと思う気持ちは嘘ではない。けれど春臣以外の誰かに情熱を傾けているのを目の当たりにするだけで、子供のように「こっちを見て！」と袖を引っ張りたくなるのだ。勿論、そんなことは言えたものではないが。

匠の運転する車は首都高速を降りて、事務所の地下駐車場に到着する。

「運転お疲れ様」

「いいえー。……でも本当によかったの？　マンションに直接送らなくて」

「いいよ。俺、ちょっと演技確認するのにレッスン場使いたかったし」

少しでも長く一緒にいたかった、というのもあるが、それは言わずにおいた。

「そっか、じゃ、帰りは気をつけて。あ、そうそう。ファンレターとかプレゼントの開封済んだから、あとで部屋に持って行くね」

うん、と頷き後部座席から降りる。そしてすぐに、助手席のドアを開いて乗り込んだ。

シートベルトを外し、車を降りようとしていた匠が「えっ？」と振り返る。その細い項《うなじ》を引き寄せて強引に唇を重ねると、小さく息を呑む気配があった。

「っん、……」

軽く胸を押し返されたが、無視をしてキスを深める。軽く開かせた口の中に舌を入れ、縮こまった彼の舌を舐めた。

「んん」

躊躇《ちゅうちょ》するように匠の舌が震えたが、すぐに春臣のキスに応えてくれる。ぎこちなく強張る舌が蕩《とろ》けた頃に、名残惜しく思いながらもようやく唇を解放した。

そっと身を離して、匠の顔を覗きこむ。薄暗がりの中でもわかるほど、丸い頬が上気していた。

潤んだ大きな目をこちらに向けて、匠が春臣の胸を弱い力で叩く。

「ばか、こんなところで」

「あ、今の『ばか』の言い方好き」

相好を崩しながら言えば、匠はますます顔を赤くして「馬鹿、お前ほんと馬鹿」と早口でまくし立てた。別に揶揄ったつもりはなかったが、盛大に照れた匠に睨まれてしまう。

目を細め、ずいっと体を寄せると、匠が狼狽しながら後ずさった。縋るように匠の痩躯《そうく》を抱き竦《すく》め、その胸元にそっと頭を預ける。久しぶりの匠の匂いだ。

「春臣」

——久しぶりに、匠に触った気がする……。

匠の匂いを嗅ぎながら、小さく呼吸する。

「平気……？」

問われて、ふ、と笑った。

「大丈夫、誰もいないし見てないよ」

事務所の地下駐車場は、許可証がないと通れないようになっている。そして今は誰の気配もない。そのあたりはぬかりなくチェック済みだ。

「そういうことじゃ……」

うるさい唇を、人差し指で触れて黙らせる。「しぃ」と言ったら、匠は微かに震えながら大人しく口を噤んでくれた。

駐車場の僅かな光に照らされた匠の瞳が、潤んでいる。

「もう一回。駄目？」

「っ、会社の駐車場でなに言ってんの!?　駄目に決まって……」

「駄目？」

最後まで言わせずにもう一度問うと、匠はぐっと言葉に詰まった。相変わらず、匠は春臣に弱い。

「最近全然匠に触ってない。……ちょっとだけ。ね、お願い」

このところ春臣が仕事で悩んで行き詰まっていたこともあって、生活時間がすれ違ってもいないのに、触れ合うことはしていなかった。

きっと、こんなことを仕掛けているということは春臣の心情的に余裕ができたのだろうと判断したのか、日々心配してくれていた匠は強くは出られない様子だ。

「匠、お願い」

重ねて請うと、匠がますます困ったように後ずさる。だが狭い車内では下がりようもなく、春臣の腕の中で追い詰められた。

泣いているわけでもないのにうるうるの目が春臣を捉える。こくり、と息を呑んだ。

——困った顔も、可愛い。……駄目だっていうならそんな顔しちゃ、駄目だよ匠。

返事を聞かないまま、再び唇を重ねる。微かに息を止めた気配を感じたが、今度は抵抗されなかった。

両腕に抱きしめて、味わうようにキスをして、ほっとする。

甘やかされているな、という自覚はあった。そして、自分が彼を試すような真似をしていることも。

——わがまま言って、困らせて、匠の愛情を測るような真似してる。

そんなことで測れるものじゃないとわかっているくせに、縋らずにいられない。受け止めてくれることが嬉しくて安心して、でもとてつもない自己嫌悪に襲われる。

「匠、……匠、すき」

キスの合間に、何度も名前を呼ぶ。

考えてみれば、このところ忙しくて——春臣が仕事で心を滅多打ちにされていたせいで、キスすらしていなかった。

久しぶりの匠とのキスに、強張っていた心と体が解《ほぐ》れるような錯覚を覚える。まるでそれを察するように、匠の掌が背中を優しく撫でてくれた。

愛しさがこみ上げてきて、もっと深く口づける。

——甘くて、気持ちいい。

ずっと味わっていたい。

優しい匠の唇は、慰撫《いぶ》するように応えてくれる。甘やかすように許すようにキスをされ、溺れるように貪った。

呼吸さえも奪う勢いで彼の口腔《こうこう》を舌で愛撫する。流石《さすが》に息苦しくなってきたのか、匠に胸を押された。

「……も、駄目」

口元を押さえる匠の息が、少し上がっている。潤んだ目で睨まれて、背筋に快感に似たものが走った。

若干呂律《ろれつ》が回っていないところもいやらしくて、春臣は少し前かがみになる。こつんと額をぶつけると、匠の黒目がちの瞳がぱちぱちと瞬いた。

「匠……それは逆効果だよ。誘ってるなら、乗るけども」

真顔で言った春臣に、匠は一瞬ぽかんとした顔をした。それから「馬鹿！」と少々焦った声で怒る。

「これから打ち合わせなのに、どうしてくれるんだよ、もぉ……」

「えっ、ごめん。時間、間に合わない？」

それは一大事、と慌てて身を離せば、匠はなんとも言い難い顔になった。

その表情の意味がわからず戸惑っている春臣を置き去りに、鞄と上着を持ってさっさと車を降りてしまう。

春臣も慌てて車を降りて、一緒にエレベーターへと向かった。匠はむっつりと黙ったままだ。すぐに開いたエレベーターに乗り込み「ごめん、遅刻？」と訊くと、匠の目がちらりとこちらを見上げた。それぞれ目的の階のボタンを押す。

「遅刻じゃないよ。平気」

「そっか」

匠の仕事に影響させたわけではないことにも、返された声色があまり怒ってなかったことにも、ほっと胸を撫で下ろす。扉が閉まった。

そういう意味じゃないよ、と匠がぽつりと呟く。

「え?」

「……俺、変な顔してない?」

頬にひたひたと触れながら、匠がそんな問いを投げてくる。首を傾げ、春臣は匠の手を取った。

顔を覗き込んだら、匠の目元がほんの少し染まった気がする。

「別に、いつもどおりかっこよくて可愛いよ」

本気で答えたのに、匠にまた「馬鹿!」と言われてしまった。この短時間に一体何度馬鹿と言われただろうか。

どう答えるべきだったのかと思案する間もなく、エレベーターは事務所のフロアに到達する。

「そうじゃなくて、その、これから打ち合わせなのに、あんな、キスして、……変な顔してたらどうしてくれるんだよ」

扉が開くと同時に、匠がぽつりと言う。

「えっ……」

匠が降りながら閉じるボタンを押してしまったので、咄嗟に追いかけそびれた春臣の鼻先で扉が閉まった。既に閉まった扉に縋り、溜息を吐く。

「匠ってば……」

――なんで別れ際にそういうえっちなこと言うの。

本人が聞いたら「全然えっちじゃねえ！」と否定するかもしれないが、「春臣とのキスでえっちな気分になって、人前に出られないいくらいいやらしい顔をしているかもしれない、どうしてくれるんだ」なんていう文句は、春臣にとっては充分えっちな発言である。

――こんなことでちょっと気分よくなっちゃうのもどうなんだ。

けれど、こんなくだらない遣り取りさえも久しいかもしれない。それくらい、この数日の自分は余裕がなく、勿論匠と触れ合うこともしていなかった。匠もなにも言わずに見守ってくれていたと遅ればせながら気付かされる。

――匠、好き。

胸中で改めて告白しながら、目的の階に着き開いた扉から一歩踏み出した。


春臣が降りたフロアには、レッスン場がいくつも置かれている。

そのほとんどが埋まっていて、練習用の音楽や先生の声、発声練習などをしているのが微かに漏れ聞こえる。

電気はついているが音のしないレッスン場のドアを開けてみると、二人先客がいた。

「あれ、春臣」

「龍さん。秋津」

飲み会以来の龍と、最近あまり顔を合わせない秋津が二人で向かい合って喋っていたらしい。あまり見ない組み合わせだなと思いながらぺこりと頭を下げる。

「なに、もしかして他のレッスン場空いてなかった？　さまよってる？」

「あ、でも大丈夫です。急ぎってわけでもないんで」

レッスン場が空いていないなら、別に自宅でやっても構わないことだ。失礼しました、と頭を下げる。

「いいよいいよ、来いって」

龍がそう言って手招きする。秋津も特に異論はないようで、黙ってこちらを見ていた。久しぶり、と声をかけると、おー、とゆるい返事がある。

春臣は龍に向き直り、改めて会釈をした。

「この間は、ありがとうございました。セッティングして頂いて」

「いいって。あっちも楽しかったって言ってたし」

そんな言葉に、胸の奥がずしりと重くなる。時間を割いてもらって顔合わせまでしたのに、この体たらくだ。

あのときのやる気に満ちた、自信に満ち満ちた自分を思い出し、若干苦い気分になる。当時はなんの根拠もなく、ただ好きな作品だというだけで楽しみしかなかった。プライベートも充実していたし、成功するに違いないと意気揚々としていたのだ。

楽観的というよりは驕っていた自分を振り返ると、ただ恥じ入るばかりである。

「春臣は、今日どうしたんだ？」

秋津に問われ、鞄に入っていた台本を取り出す。

「ちょっと、台本を読み返そうかなって思って。あと動きとかちょっと確かめたくて」

「動き？　舞台でもねえのに？」

所沢に「モノマネ」と言われるのは、声の調子ばかりではない。映像の比較をして自覚したのだが、身振りや手振りなどもそうなのだ。

アニメや、特撮ものもそうだが、日常であまりしないポーズなどが表現として定着している場合があり、それをそのまま実写でトレースすると妙に浮いて見える。

携帯電話で撮影した演技中の動画を見てみたら、原作やアニメの通りのポーズでも人の輪の中に入ると確かに違和感があった。春臣一人のシーンならばメリハリがつくので通ることもあるのだが。

秋津が「あーわかる」と賛同してくれる。

「俺前に、先輩の学園ドラマの脇で出たことあるんだけど、なんつうの、こう、セクシーポーズみたいな」

「セクシーポーズ？」

言いながら秋津が両手を組んで、それを頭の後ろに持っていく。

「こうやって歩くシーンがあってさ、こんなかっこで歩くか？　って思ってたもん。監督にやれって言われたからやったけど」

「……確かに」

自分以外の誰かが実際にやっているのを見ると、違和感が格段にわかりやすい。途端に「いま演技してます！」という感じが出るのだ。

演者が皆そういう演技をしているのならいいのだが、一人だけでは不自然に浮いてしまうだろう。

「言われてみればそうだな。人によってはこういうのって違和感ないかもしれないけど、道歩いててそういう高校生いるかって言われたらいないかも」

龍も賛同して「俺も気をつけよ」と笑う。

「それでも俺、演技に必死になってると無意識にアニメのマネしちゃうんで、動画で確認して修正してるんです」

意識して自然な動きをするように努め、それをカメラで撮影する。ひたすら見返して頭に刻みつけてしまった記憶を、自分の演技を確認することで上書きするのだ。

非常に遠回りな作業に思われるだろうが、これが案外効果的だった。

「匠が提案してくれたんです。で、やってみたら意外とうまくいったので、今後もこうやって修正してこうかと思って」

　龍と秋津は揃って、面倒くさい、という顔をする。

「時間はかかるんですけど、こうしないと全然、演技できなくなっちゃってて俺」

「えっ⁉」

　思わずそんな事情を零せば、二人とも驚いたように声を上げた。その反応に、二人が春臣の演技力を評価してくれていたことを知って、少し自信が戻ってくるような気がする。

「だって春臣お前、そんな努力せんでも演技得意だっただろ」

　秋津の科白に、努力はしてたぞ、と返して苦笑する。

「映画のことだっていい噂しか聞かないぞ。謙遜してんじゃなくて？」

「それが、この映画の撮影始まってから、ほんと全然駄目で。俺がＮＧ出しすぎちゃって別日収録になったりとかすごく多くて迷惑かけまくってて」

　春臣の科白に龍が意外そうな顔をする。

　当初、自分の仕事のモチベーションは、すべて「匠」だった。

　匠に見つけてもらうため、匠と一緒にいるため、その二点だけだったので、いつか満足したらひっそり仕事を辞めるんだろうなと他人事のようにぼんやりと考えていたころもあった。だけど春臣が芸能人として認められるほどに、匠と一緒にいられることもわかったのだ。

　今は仕事をするのが楽しい。自分も楽しいし、匠も傍にいてくれる。

「やればやるほど空回って、……なんか『演じること』から、見放されるような感覚があって」

匠も仕事も両方欲しい、と思ったから駄目だったのだろうかと馬鹿なことも考えた。二兎《にと》を追ったせいで、一兎も得られなくなるかもしれないと、怖くなった。

「いや、お前、ちょっと躓いたくらいでそこまで思い詰めるなよ……」

龍の当然といえば当然の指摘に、春臣は苦笑する。

「何事にも真剣なのはいいことだけどさぁ……。高遠からちょっと聞いてたけど、マジでへこんでたんだな」

共演者でもある高遠は、龍にそれとなく春臣が悩んでいるのを話していたようだ。

先程招き入れてくれたときも、そんな事情が念頭にあったのかもしれない。龍にも落ち込みようが伝わっていたのだと知って、赤面する。

「でも、匠が出してくれた案で、なんとなく乗り切れてるので……まだ色々悩んではいるんですけど、ちょっと光明が見えてきた感じです」

映画の撮影が始まる前は、色々な単発の仕事を匠が取ってきてくれていた。今は映画一本なので、注力していられる。

他の仕事があったら、多分きっと、どちらもこなせず潰れていた。

そんな分析をすると、そっかと秋津が頷く。

「確かに演技するのにそんだけ時間かけてるなら、他のことしてる余裕なさそうだな」

「うん。でも他の仕事入ってないのは、それはそれで焦ったほうがいいとも思うんだけどね」

「――ま、その分俺が仕事してやるよ」

龍が笑って言うのに、後輩二人は冗談にならないと若干顔を引きつらせる。

「後続に譲ってくださいよ先輩」

「ばっかやろー、仕事は奪うもんなんだよ。それに俺だってまだまだ奪うほうの立場なんだから下を甘やかしてられっか」

弱肉強食だ、と嘯《うそぶ》く龍に、秋津が不満げな顔をする。

聞けば、テレビ番組でもネット番組でもバラエティ番組が主戦場になりつつある秋津は、目指す立ち位置の先輩である龍にあれこれと相談をしていたらしい。

そしてなんだかんだと揉《も》めながら、二人とも春臣の練習に付き合ってくれた。客観的な目が入るのはとても参考になり、よりスムーズに演技を練り直せる。

これならば、次の撮影は行き詰まることなく乗り切れそうだ――そんな大口を叩いてから数日後、春臣は再び演技で躓くこととなった。

先日、演出の方向性が決まっていないので先延ばし、と言っていた場面の撮影が再び始まった。監督の所沢《ところざわ》が出した方針は、「取り敢えず、春臣《はるおみ》に演技をさせてみる」という、平たく言えば丸投げの演出である。

「――違うなぁ」

舞台セットの中央で人形に馬乗りになっていた春臣は、所沢の一言で顔を上げた。画角をチェックしていたカメラマンが「監督、一旦休憩入れよう」と声をかける。

ずっと「泣き」の演技をしていた春臣の顔が、腫れているからだろう。やっとそれに気づいたらしい所沢は、小さく息を吐いて椅子の背凭《せもた》れに身を預けた。このままでは、どのみち撮影本番には入れない。

メイクさんが走ってやってきて、顔を拭いてくれる。大丈夫ですか訊《き》かれ大丈夫ですと笑ったつもりだったが、却って心配そうな顔をされてしまった。よほどひどい顔色なのかもしれない。

保冷剤をハンドタオルで包んだものを目元に当てられて、相当火照っているのがわかった。自分の顔は見られないが、思っているよりも涙で腫れているに違いない。泣きすぎたせいで、頭も痛い。

今日はスタジオに付き添っていた匠《たくみ》に視線を向けた。はらはらした様子でこちらを見ていた彼は、目が合うなり気まずげな顔になる。

――呆《あき》れたよね。

逃げるように、保冷剤を目に押し当てる。

所沢は足を組みながら台本を眺め「違うなぁ」と右目を眇《すが》めた。

――もし望んでる演技があるなら、言ってくれないかなぁ。……もう、その通りにやるから。

そんな投げやりな言葉が喉まで出かかって、苦心して呑み込んだ。それを言ってはいけない、という理性くらいは働く。

今日は所沢もはじめから時間をかけるつもりだったのか、朝から現場に集合した役者陣は、春臣と、此岸《しがん》に殺される育ての父親・岸《きし》役の役者、そのシーンの前後に居合わせる役の数人だけだった。

父親役も、実際に首を締められる練習に付き合い続けるわけにはいかないので、ずっと見学している。自分一人で何度も撮り直し続ける状況は、精神的にも辛《つら》い。

――いい加減、涙も枯れそう。

保冷剤を目に当てながら、小さく息を吐く。

キャラクター自体が精神的に少々追い込まれる場面というのもあり、そしてずっと泣き通しだからだろうか、春臣自身の気持ちも少し不安定に揺らいでいる。泣く、というのは演技でも体力を消耗するものだ。

——くそ……。

体が無意識に震え、押さえるように自分の腕を摑《つか》む。匠の助言でやっと上向いた気持ちとほんの少し戻ってきた自信が、再び瓦解するような気がして怖かった。

所沢は椅子から立ち上がり、春臣のもとに近づいてくる。ず、と鼻をすすって、春臣も腰を上げた。

「これってどういうシーンか、確認してもいい？」

「……此岸が、初めて人を殺した日で、その相手が父親で、自分がすごく……世界で一番大事にしている人で、だから、ぶっ壊れるシーンです」

「そうだね」

認識に間違いはないらしい。

春臣はバカでも天才肌でもないので、様々な演技プランを考えてきた。台本通り素直に大泣きする、しゃくりあげる、ただ涙を流す、いっそ泣かない。

そんなにも大事な人というのは、自分に置き換えたら絶対に匠になる。実の親は未《いま》だに春臣に興味がないし、春臣もまた両親に対して思うところはない。

もしこれが匠だったらと重ねてみたものの、手が震えて軽く絞めることすらもできなかった。

そのときは「殺さないオチだったらいいんだけど、それじゃ成立しないから駄目だねえ」とNGながら悪くない評価だった。

だがその後はどうやっても駄目で、数打てば当たるかと色々やってみたものの、監督はＯＫを出さない。手札はもうなくなっていた。

ちらりと、匠を見る。

――不安そうな顔。

「……あの、監督の中では、正解があるんですか」

思わず問いかけた春臣に、所沢は珍しく眉根を寄せて思案するように顎を掻《か》いた。平素の彼であれば無表情のまま「そうだね」と流す場面だが、そんな反応があるのは意外に思える。

「うーん……それが、一応あったんだけどなんか違うなあって」

その返答によって芽生えた感情は、複雑すぎて名前をつけられなかった。

「それは……手探り状態ってことですか、監督も」

「ていうより、色々撮影してみて、西尾《にしお》くんが作ってきた此岸とは、なんか合わないかなって思ってさ」

実は春臣がいくつも演じたパターンのうち、所沢が当初想定していた演技が存在したらしい。どれだよ、それでいいだろ、と詰め寄りたくなったがぐっと堪《こら》える。

いいものを作ろうとしている相手に、同じ思いでいる自分がそんなことを言えるはずがない。

「だけど、実際見てみるとなんかしっくり来なかったんだよね。まあ言うなれば、西尾くんぽくないっていうか、西尾くんが演じてきたキャラっぽくないっていうか、西尾此岸はこんなふうに泣かないよなって」

そんな風に言われ、春臣もなんと返せばいいのかわからない。

先程の春臣の心情同様に、じゃあもうそれでいいじゃないですか、という顔を浮かべたスタッフや演者がいたのも見てしまったが、当然口を挟むわけにはいかないのだろう。ふたりの会話を黙って見守っている。

「ごめんね、長らく引っ張った挙げ句曖昧な注文つけちゃって。やっぱり僕ももう一回考えまとめて出直してくるね」

「い、いえ」

「……次は作者さん呼んでみるかな。あんまり来てないし」

そんな発言をして、所沢は頭を掻いて席を立つ。

「ということで、今日はもうやめにしようか」

えっ、と声を上げたのは春臣だけではない。

スタッフや控えていた役者陣も同様に驚いている。今日も顔を出していたプロデューサーの小関《こぜき》は「所沢！」と慌てたように監督を呼んだ。

「お前、ここまで引っ張っておいて……！」

「だから引っ張ってごめんねって言ったよ。でも僕も西尾くんも集中力切れちゃってるし、ドツボにハマっちゃってるし、こういうときは一晩寝て仕切り直したほうがいいと思うんだよね。

お互いに」

　時間も時間だしさ、と所沢は時計を指し示す。まだ午後六時になったばかりだが、集合が午前九時だったので、それなりの時間が経過していた。春臣も疲弊しているが、幾度か休憩を挟んだとはいえ待っていただけの演者やスタッフも相当しんどいはずだ。

「じゃあ、明日はまた別のシーンから撮るから。今日はここで解散ってことで」

　お疲れ様でした、と頭を下げて、所沢がマイペースに去っていく。その途中で、彼は「あ」と声を上げて匠を呼んだ。

　――匠？

　はい、と驚いたように声をあげて、匠が所沢の元へ走っていく。二言三言言葉を交わし、彼らがこちらを振り返る。

　ぎくりとして、慌てて視線を外した。

　所沢が去ったのか、控えていた演者がやってきて「お疲れ」と声をかけてくれる。待たされたと怒る役者は一人もおらず、むしろ皆同情的だった。

　特に、相手を務める父親役の俳優に、春臣は頭を下げる。

「すみません、お待たせした挙げ句に出番なしになってしまって……」

「いいのいいの。俺、所沢映画初めてじゃないから、こういうのあるの知ってるし」

　そう執り成してもらって、情けないことにほっとしてしまった。

「よくあることだし、このシーンではこうなりそうな覚悟してたから平気平気。それに、充分勉強になったしイメトレもできたから」

父親役は、どういう演出になるか聞いていますか、と訊こうとしたが、言えなかった。それで演技プランを左右したら、また余計な溝に嵌《はま》ってしまいそうだったからだ。

「……ありがとうございます、すみません。次は出番があるように、持っていきますから」

「うん、よろしくね」

会話が途切れたのを見計らって匠が走り寄ってくる。その日はもう、彼の顔を見ることができなかった。

翌日は撮休日だったが、特にやることもないので春臣は事務所へ向かった。

——……俺、匠にすごい感じ悪かったな……。死にたい……。

あの後、匠とは会話もないまま帰路についた。匠が積極的に話しかけてくることもなかったので、車内ではほとんど口もきかなかったのだ。

匠はその日も会社に寄るというので、先に自宅に送ってもらった。普段だったらとにかく一緒にいたいからと、用もないのについていくところだったが、昨日はそんな余裕もなかった。余裕のない顔を、あれ以上見られたくなかった。

――あー……もう、ほんと最悪。

昨晩のことを思い出すと、耐えきれず大声を上げたくなる。自宅マンションの前で「大丈夫？　春臣」と訊かれ、「大丈夫なわけないだろ」と言い捨ててしまった。

心配してくれた相手に、仕事が上手《うま》くいかないからといって、それでばつが悪いからといって、あんな言い方したくなかった。匠は「そうだよね」と優しく返してくれたけれど、それがまた辛い。

別れ際、匠がなにか話しかけようとしていたのはわかっていたが、逃げるように車を降りてしまった。

――……見捨てられたらどうしよう。

空回って行き詰まって八つ当たりして、本当に最低だ。匠が現場にあまりこなくなったのも春臣を見限ったからでは、とマイナス思考が渦を巻く。

そんなはずない！　と己を鼓舞し叱咤《しった》した。

「おはようございまーす……」

入り口の警備員に挨拶をして、事務所に入る。

匠はとっくに出社しているので、今朝も顔を合わせないままだった。

朝からレッスン場はいくつか埋まっている。朝はまだ学校や大学に通っている研究生たちではなく、デビュー済みのメンバーが多く利用している時間帯だ。

――最近体動かしてないし、ダンスレッスン交ぜてもらおうかな……。

そんなわけにもいかないのだが、レッスン場を覗《のぞ》き見ながら、春臣は階下の事務所のあるフロアに下りる。

オフィスのドアを開くと、朝から忙《せわ》しなく動いている社員たちが春臣の姿に気づいて「お疲れ様！」と声をかけてくれた。

皆春臣が映画の撮影中だと知っているので、頑張ってる？　と声をかけてくれる。頑張ってはいるが、上手く言っているとは言い難いので、曖昧に笑った。

「あ、西尾《にしお》くん！　ちょうどよかったー！　交通費の精算の話したかったんだー！」

遠くからばたばたとやってきたのは、経理の社員だ。匠がいないときはタクシーや公共機関での移動となるので、精算が必要となる。

交通費の話をしながら、きょろきょろとフロアを眺めていたら、経理の社員に「大江《おおえ》くん？」と誰を探しているのか当てられてしまった。

「あっ、はい。いないのかなって」

「来てるよ、今日はというか今日も石塚《いしづか》さんと話してるんじゃないかなぁ」

「えっ、石塚さん……？」

つい顔を顰《しか》めてしまった春臣に、経理社員が苦笑する。

石塚というのは幹部社員の一人で、春臣への「禊《みそぎ》」にとてもこだわっていた人でもある。彼は春臣個人が気に食わないというより、社長の信奉者で、社長が目をかけていたにも拘《かかわ》らず粗相をしたことで罰則を強めていたふしがあった。

無論、春臣を売り出そうと躍起になっていた匠とは折り合いが悪く、よく言い合っていたのも知っている。

春臣に対する妨害行為は特になんとも思っていないのだが、匠がよく怒鳴られたりしていたので、あまりいい印象がない。

一応売れっ子に片足を突っ込んでいる自覚はあるので、最近は春臣の仕事が増えたことで態度が軟化していたと思っていたが。

——また、俺のことでなにか言われてたのかな。

今は撮影のほうに必死で、匠がどうしているのか考える余裕がなかった。昨日もなにか言いたそうにしていたし、ちゃんと話せばよかったと今更後悔する。

己の不甲斐《ふがい》なさに憮然《ぶぜん》としていると、その表情を見てどう思ったのか経理の社員が慌てて口を開いた。

「大丈夫、西尾くんのことで怒られてるとかじゃなくて普通の仕事の話だから！」

「そうそう、今は前とは違うから、大丈夫だよー」

傍《そば》のデスクで仕事をしていた社員も振り返ってフォローしてくれる。

「だったら、いいんですけど……」

とはいえ、心配なことには変わりない。経理の用事を済ませ、匠の姿を探す。

同じフロアの奥にある、ドアが全開の状態の小会議室から、ぼそぼそと匠の声が聞こえてきた。

――いた。

話が終わるまで待っていようか、けれどこの場所では会話の内容が筒抜けだなと思っていると「春臣」と自分の名前が聞こえてきたので耳をそばだててしまう。

立ち去るべきなのはわかっていたが、その場に留まってしまった。

――やっぱり俺のことで石塚さんに怒られてたりとかする?

聞き耳を立てていることを知られたら、ますます怒られそうだと思いながらも息を潜める。

「……本当に、他のメンバーに譲っていいのか」

「いいです。春臣じゃなくて、秋津《あきつ》のほうがいいと思うし」

再び出てきた自分の名前、そしてその科白《せりふ》に呼吸が止まる。

――いや、前後の文脈もわかんないし、別に、俺が駄目って話じゃ……。

頭の中で否定しようとするが、「秋津のほうがいい」という言葉に打ちのめされる。別に、秋津を侮っているというわけではなく、でも匠の口から「春臣じゃなくて」と言われたのがとてつもなくショックだった。

なにより、匠が春臣の仕事を他の誰かに譲ったというのは事実だろう。

昨晩「見限られるかもしれない」と思っていたことが現実になったのかと、足が震えた。

石塚の大きな嘆息が聞こえてくる。

「──それでいいんだよ。ったく、こと西尾に関して目が曇りまくってるのは今更だが、やっと覚めたか」

「はあ、それについては反論の余地がないですね。秋津も随分やきもきしてたみたいで」

「気づいてたのかよ」

「それは、気づきますよ」

二人の笑う声が、異常に遠く聞こえた。

あの石塚と朗らかに会話をしていることも、追い打ちをかけてくる。陰口を聞いているような不安感に、よろめきそうだ。

昨日も情けない姿を晒《さら》してしまったし、もしかしたらそれが見限る決定打になってしまったのかもしれない。

同時に、匠は春臣のことを好いてくれている、という絶対的な自信が揺らぐ。

「──わっ、どうしたの西尾くん！」

目の前を通りかかった社員が、廊下にしゃがみこんで半泣きの春臣を見て大声でそんなことを言う。

それを聞いて、小会議室から匠と石塚が顔を出した。二人とも春臣の姿を認めて目を丸くする。

「春臣？　どうしたの、今日休みじゃ」

情けないことに涙がこぼれ、愛《いと》しい匠の姿を捉えた視界が思い切り歪《ゆが》む。

「春臣⁉」

春臣は立ち上がり、その場から走って逃げ出した。


「――春臣！」

マンションにつくなりソファに転がったら、三分ほど経過したのちに匠がやってきた。追いかけてきてくれたらしい。思い切り走ってくれたようで、ぜえぜえと胸を喘《あえ》がせ、時折咳《せ》き込んでいる。

「いた……、よかった」

久しぶりに全力で走った、と匠が息を吐く。

途中で見失ってしまったそうで、春臣が部屋の中にいるのを確認して、匠がほっと胸を撫《な》で下ろしたのが知れた。

困らせた、と思うのに、匠がきちんと追ってきてくれたことに甘えた喜びと安堵《あんど》を覚える。

はー、と息を整えるように吐いて、匠は汗ばんだ前髪を払った。

「どうしたんだよ急に。なにかあった？　相談ごととかあった？　心配するだろ！」

「……匠」

歩み寄ってきた匠に、抱きつく。唐突なハグによろめきながらも、匠が優しく頭を撫でてくれた。

まだ心臓が落ち着かないようで、いつもよりも彼の鼓動がずっと速い。

「なんだよ、今日は甘えたい日？」

春臣が愛してやまない優しく宥《なだ》めるような声は、今日はささくれた心にしみて痛い。抱きつく腕に、ぎゅっと力を込めた。

「春臣？」

「匠、仕事は？」

情けなくも目を潤ませながら問うと、匠が言葉に詰まる。

「……あのね、そんな状態の春臣ほっておけるわけないだろ。……どした？　明日のことが不安？」

明日はまた撮影がある。昨日と同じシーンを撮るか、別のシーンに移るかはまだわからないが、そちらの不安とも相俟《あいま》って、春臣の心は不安定に揺れていた。

抱きついたまま、匠のスーツのジャケットの中に左手を差し込む。シャツ越しに薄い腰を撫でると、匠がびくっと身を竦《すく》ませた。

戸惑う匠の腹に顔を埋《うず》めながら、左腕で細い腰を抱き寄せる。右手でベルトのバックルを外して引き抜き、スラックスのボタンを外してシャツを引っ張り出した。

「ちょっ、春臣」

「慰めて……甘やかして、匠」

顕《あらわ》になった薄い腹に、軽く歯を立てる。皮膚の下の筋肉が、ぴくりと動いた。

ふと視線を上げたら、匠は戸惑い、迷うような仕草をしてみせる。いいよとすぐに答えてくれないことに、またしても打ちのめされた。

不安を誤魔化すように、匠を強引に抱き寄せ、ソファに押し倒す。

「駄目なの？」

脅すように、甘えるように問う春臣に、匠がぐっと言葉に詰まった。けれどすぐに、春臣を押し返してくる。

「……駄目！　こういうことは有耶無耶《うやむや》にしちゃ絶対に駄目」

手を拒んでいるわけではなく、話を誤魔化すのは駄目だと自分の駄目な部分をはっきり指摘され、春臣は唇を噛《か》んだ。

匠の上から下り、ソファの端っこに座る。匠はほっと息を吐き、身を起こした。

「どうしたんだよ、春臣」

優しく訊《たず》ねてくれる匠に、胸が苦しくなる。

勝手に寂しくなっていたけれど、きっと匠は見放さない。専属のマネージャーでもないうちから彼を独占することなど、到底無理な話なのはわかっていた。

心配させないように、なんでもないふりをしよう。役者なんだから演技力を発揮して、なんでもないよと笑って、匠に心配をかけないように——そう思うのに、笑顔が作れない。

「……春臣？」

よほど情けない顔をしているのか、匠が不安そうに顔を覗き込んでくる。

駄目だ。

自分には演じられない、と虚勢が崩れる。

「……自信がない」

今だって、匠に心配させないようにする演技もできない。小器用にこなしていたつもりが、ただの大根役者だった。

「役者、続ける自信ない」

声が震えた。ここで涙を流すのはあまりに情けない気がして、奥歯を強く噛んで堪える。けれど、我慢しているぶんだけ苦しさがいつまでも胸に滞留して息が詰まりそうだ。

あまりに苦しくて、喉元を手で押さえる。

「もう、できないかもしれない」

涙と一緒に弱音も呑み込んでしまえと頭では思うのに、弱音はぽろぽろと溢《あふ》れ、零《こぼ》れ落ちる。

――匠が好きな俺は、こんなんじゃないはずなのに。

匠が好きな「西尾春臣」は、どんな人間だっただろう。

このままの自分では、匠に見てもらえない。だけど、所沢に――自分のどうしようもない演技力を指摘され突き落とされた奈落の底から、どうしても這《は》い上がって来られない。

――このままじゃ俺、匠に見てもらえない。

匠の抱えるタレントは自分ばかりじゃない。目移りするのを止められない。自分が匠の一番じゃないなんて、耐えられない。――必要とされないなら、どうして自分は今ここにいるんだろう。

「……でも、投げ出したくない」

匠が、春臣の手を握る。

「投げ出したくないけど、俺、役者にはなれないんだ」

「春臣」

「俺には、向いてなかったんだ。なにもわかんない。この先どうしたいのかどうなるのかもわかんない。龍《りゅう》さんとか高遠《たかとお》さんに役者論とか訊いてもいつもよくわかんなかった。だって俺が役者やろうって思ったの匠が喜んでくれるからだし、匠が俺を見つけてくれるためにしがみついてただけだったし、そういう意識の低さとかがそもそも駄目で、匠がいればそれでいいのに、もう見つけてもらったから、本当はやめたっていいのに続けてたからボロが出たんだ！」

「──春臣！」

遮るように名前を呼ばれ、はっと顔を上げる。見つめる匠が怒っているのか心配しているのかも、わからなかった。

追い立てられるように捲《まく》し立てていた春臣が口を閉じたからか、匠は小さく息を吐いた。匠の手が、春臣の手を強く握る。

「……春臣は、なんのために役者やってるの」

怒っていたり呆れていたりするわけではなく、匠が問いかけてくる。

「俺……」

なんのため。先程捲し立てた言葉の中に、その答えとなりそうなものはあった。

けれど、改めて問われると何故《なぜ》か言葉が出ない。

呆然《ぼうぜん》とする春臣を睨《にら》むように見つめながら、匠は立ち上がった。そして、いつの間にか部屋の隅に置かれていたダンボールを、ずるずると引きずってくる。

「これは今月、春臣あてに送られてきたファンレターだよ。昨日持ってきたけど、まだ見てない？」

今月はまだ始まって二週間だ。引っ越し用の大きなダンボールに入ったそれを、まだ春臣は見ていなかった。

事務所に送られてきたプレゼントや手紙は、一旦開封してからタレントに渡される。その際、内容物や文面などもすべてマネージャーや事務員によってチェックされる。つまり、匠は一度目を通しているのだ。

「こうして直《じか》に送ってくれる子たちばかりじゃない。エゴサだって沢山したし、その内容だって春臣に見せたよね」

匠は、いい意見を集めてまとめて見せたりもしてくれた。ときには春臣そっちのけで「わかる！」とか「この人は春臣をよくわかってる、友達になれる」などと言ったりしていたものだ。けれど、匠が喜んでくれるからばかりじゃない、自分だって嬉《うれ》しく思っていた。それを、思い出した。

「こんなに楽しみにしてくれてる人たちがいて、期待してくれる人たちがいて、これって、春臣が頑張ってきたからだよ。それがやっと評価されてきたんだよ？」

ほら、と箱を開いて見せてくれる。色とりどりの封筒やプレゼントに、強張《こわば》っていた体の力が少し抜ける感じがした。

「嬉しいね、やる気が出るって、春臣も言ってたよね」

ファンレターは、いつも一人で読む。匠はそういうときに傍にいない。匠はよく「ファンレターを読んでいるアイドルの横に恋人がいるなんて、俺なら耐えられない」と、春臣の恋人だ

という自覚はあるんだろうか、とちょっと疑わしくなる矛盾したことを言っている。

思い出してふっと笑い、そして先程の己の発言を顧みて愕然《がくぜん》とした。匠が「あのね、春臣」と口を開く。

「俺知ってるよ。もう、俺のためだけに仕事してくれてるわけじゃないって」

え、と春臣は瞠目《どうもく》する。

「その気持ちが嘘《うそ》だって思ってるわけじゃない。……俺がいることで、春臣のやる気に繋《つな》がったり、春臣が折れそうなときの支えになったりしているなら、すごく嬉しい。幸せだなって思う」

それ以上のことを、匠は言わない。

けれど、自分でもわかってしまった。先程吐露したように、本当はいつやめたってよかったのだ。一緒の時間を作るために、事務所に就職してとお願いしたが、匠と再会できた時点で、本来の目的は果たしている。

泣くほど悩んで、鼻っ柱を折られて恥ずかしい思いをして、苦しくて堪らなくて、自分のことが嫌になって、それでもまだ仕事をやめていないのは。

誰のためでもない、自分が、この仕事が好きだからだ。

——いつから、俺、「匠のため」を逃げる理由にしてたんだろう。

思い起こせば、今回の撮影に行き詰まったときから、そんな考えにシフトしていたかもしれない。

行き詰まるとすぐに助けを求めるように匠を見ていた。抱きついて縋《すが》ることもあった。

心配そうにしていた匠の顔が、複雑そうな表情になったのはいつの頃からだっただろう。

似て非なる気持ちは、匠に罪をなすりつけるような行為に等しい。

匠は、きっとずっとそのことに気づいていた。でも、なにも言わなかったのだ。

自分だって仕事で悩んだり、大変だったりすることだって絶対あるはずなのに、ただ黙って見守ってくれていた。

「――」

愛しさや申し訳なさ、色々な気持ちが綯《な》い交ぜになって胸に溢れ、堪らなくなって匠に抱きつく。

責めるようなことも慰めるようなことも言わず、匠はただぽんぽんと背中を叩《たた》いてくれた。

「……俺、これからも仕事ちゃんと頑張る」

「うん。支えて、応援するから」

力強く優しい科白に、目が潤む。

「だから……また匠の信頼取り戻して見せるから」

だから見捨てないでほしい。また、自分を見てほしい。祈るようにそう告げる。

「え？」

「秋津のほうが俺よりいい仕事できるかもしれないけど、でも、俺も巻き返すから」

決意表明のように必死に訴える。

頑張れ、と言ってくれるかと思ったが、匠は不可解そうな顔をしているばかりだ。何故応援してくれないのかと眉尻を下げる。

そんな春臣の表情を見て、匠は完全に困惑した様子で首を傾《かし》げた。

「いや、なんの話？」

先程、石塚との会話を聞いてしまったという話を白状する。

春臣より秋津のほうがいい、春臣に関して目が曇っていた、という内容を、はっきりと聞いたのだ。

それで匠に捨てられないように頑張ると結んだら、ぺしっと頭を叩かれてしまった。

「痛い」

「なんでそうなるんだよ。……ていうか、春臣、そもそもバラエティ番組のレギュラー欲しいのか？」

「えっ？」

それも平日昼間の生放送の情報バラエティ番組だそうだ。それは確かに、やりたいかと言われると微妙かもしれない。

はっきり口にしたわけではなかったが、顔に出たのだろう。匠が「別に出たくないだろ」と言った。

そういえば、具体的にどんな仕事を「春臣じゃなくて秋津に」と言われたのかまでは聞いていない。どんなものでも、匠がくれるものならば譲るのは嫌だけれど。

「昼間の人気番組のレギュラーなら、知名度も露出度も一気に上がる。でも、少なくとも半年、長ければ何年も拘束される。バラエティ向きの性格ならともかく、春臣はそのあたり全然向いてないだろ」

「うん」

はっきり肯定するのもどうかと思うが、基本的に匠以外には愛想がいいとは言えないし、テンションも低い。演技はできるが愛想笑いは咄嗟《とっさ》にできない。バラエティ的なノリもよくわからない。「全然笑わないクールキャラ」などと呼ばれていたこともある。

生放送なら余計に収拾がつかなくなりそうなのは自分でもわかった。

「しかも、俳優でがっつり売り出して行こうってタイミングに、平日の昼間必ずとられるのもいい話じゃないし。まして、映画とか連ドラの撮影中だとしたら、どちらにとってもご迷惑だろ？」

「……そう、だね」

「それで、このところ俺も色々悩んでたんだよ」

連続ドラマなどに出演するようになってから、春臣は世間から注目されるようになった。それと同時に、業界からいくつもオファーが来ていたという。

ドラマや映画だけでなく、先程のようにバラエティ番組や情報番組など、あらゆるジャンルからだ。

匠が時折、春臣になにか言いたげにしていたり、考え込むような様子を見せたりしていたのは、それが原因だったかと思い至った。

「それもあって最近はその情報番組のほうに秋津を売り込む交渉したりしてたわけ。春臣が第一候補で、その代わりに、っていうのに秋津がプライドを刺激されたみたいでちょっと揉《も》めて……でも、清瀬《きよせ》が大きめの仕事決まったし、春臣は映画があるしで、自分だけなにもないって落ち込んでてね」

先日、レッスン場で会ったときはなにも言っていなかったけど、と首を傾げる。

思えば、少し様子が変だったかもしれない。あのとき龍に相談していたのは、恐らくそのことだったのだろう。

「負けん気が強いわりに肝が小さいところがあるから、秋津もなんかすごい思いつめちゃったみたいで。話し合って、納得したみたいで結局受けることになったんだけどね」

「そっか」

ちょくちょく撮影を抜けたりしていたのは、清瀬や秋津の悩みを聞いたりしていたのもあったのだろう。

「俺もマネージャーとしてもっと能力値あげないとだな。不安にさせちゃ駄目だぁ」

はあ、と匠が大きな溜息《ためいき》を吐《つ》く。このところ打ち合わせが多かったのも、春臣だけでなく秋津たちも忙しくなってきたからだ。匠の営業が実を結んだということである。

「露出度が上がれば仕事も増える。さっきの話なんて特にそうだけど、昼の情報番組のレギュラーになれたら、知名度はすごく上がる」

けれど、こと「売れる」ということに関して即効性はあるが、俳優業に必ずしもいいように働くとは限らない。

「それで、春臣の仕事のどれをとってどれを諦めるかずっと悩んでて」

「そうなの……？」

自分が撮影で追い込まれている最中、匠は匠で、マネジメントについてずっと頭を悩ませていたのだという。そんなこと、おくびにもだしていなかった。

俺にも相談してよ、という気持ちも一瞬湧いたが、自分のことで手一杯だったし、マネージャーである匠にそんなことを言われたら、ますます迷いが生じていただろうことは容易に想像できた。

「石塚さんに『春臣をどう売っていきたいんだ、お前。今更ブレてんじゃねえよ』って一喝されて」

「石塚さんに？　意外」

率直な感想を言うと、お前ね、と笑われた。

石塚の行動理念はすべて「社長の利」なので、売れっ子になりかかっている春臣とそれを支える匠にアドバイスこそすれ邪魔など絶対にしないだろう、というのは匠の弁だ。

マネージャーだけの会議というものがあり、そこでマネジメントについての方針などを報告したり、会社的に決めていったりということがあるそうだ。

「最終的に、お前が春臣をどうしたいんだって言われて」

「……どうしたいの?」

尋ねると、匠は「これはあくまで、今は俺個人の一意見だけど」と断ってから口を開いた。

「やっぱり、春臣には役者として地位を確立してほしい」

はっきりと答えたその言葉には、匠の春臣に対する信頼も見えて、背筋が伸びる思いがする。

「もしかしたらあのときやっぱり顔売っとけばよかった、って日が来るかもしれない。でもそうさせないように、後悔させないように、俺ももっとずっと頑張るから。……あっ、でも勿論《もちろん》、春臣が違う方向に進みたいって思ったら、それはそのとき真剣に考えるからちゃんと相談して」

慌てて言い添えた匠に、笑って頷《うなず》く。胸にずっと支《つか》えていたものが、ひとつ、ふたつとなくなっていくような気がした。

「うん、わかった。……俺も頑張る」

信頼してくれるマネージャーがいるなら、一緒に頑張っていける。

とっくにわかっていたはずのことなのに、飽きられたかもしれない、呆れられたかもしれない、見捨てられてしまうかもしれない、と無闇に不安に思っていた自分が恥ずかしい。

綺麗《きれい》な、匠が望むような自分でいなければいけないのだと思っていた。それがいつも漠然とした恐怖として、春臣の中にあった。

でも本当は、匠はずっと、どんな春臣でもいいと思っていてくれる。それを自分は知っていたはずなのに。

「春臣」

一体どんな顔をしていたのだろう、匠が子供にするように、よしよしと頭を撫でてくれた。

そんなつもりはなかったのに泣きたくなって、匠の胸に顔を埋める。

「大好き……」

「俺も好きだよ、春臣」

匠が、優しく頭を撫でてくれる。優しい敏腕マネージャーの胸に、際限なく縋ってしまいそうだ。

「春臣。言いたいことがあったら、我慢せずになんでも言ってよ。……マネージャーの俺にでも、親友の俺にでも、恋人の俺にでもいいから」

今残っている春臣の問題は「演技」のことだけだった。

「……あのシーン、なんだけど」

過去最大に行き詰まっているシーンが、未だ春臣を苦しめる。

「あー……、あれか」

どことは明確に言わずとも、すぐに思い至ったようで、匠も眉を顰《ひそ》めた。

「もし匠だったらどうする？」

問いかけに、匠は「俺？」と顔を顰める。

「いや、俺演技は全然駄目だよ。知ってると思うけど」

「んー……どう演技するかっていうより、もし匠が此岸か、首絞められちゃう父親だったら、どうかなって」

自分とキャラクターを重ねる演技が、必ずしも上手くいくとは限らない。

現に、自分の場合と重ねてみたけれど、匠を殺すなんて絶対できない、だったら俺も死ぬ、と悲しくなって泣いてしまったくらいだ。演技としては悪くないけど話が進まない、という至極当然の監督の言葉が思い出される。

匠がうーんと首をひねる。

「そうだなー、俺だったら、笑っててほしいかなぁ」

「笑っ……？　えっ？」

意外な科白に、目をぱちぱちと瞬く。

「えっ……俺もし匠を手にかけなきゃいけなくて、匠が笑ってたらマジで心が死ぬんですけど……」

そんなところで包容力を見せつけられたら、後追い必至である。

「あ、逆逆。俺が殺されるほうでさ」

けろっと喋《しゃべ》っているが、絶対に起きてほしくない譬《たと》え話に心臓が抉《えぐ》られる。春臣のダメージに気づかないまま、匠が笑顔で語り始めた。

「あれって、秘密を守って春臣を護《まも》るっていう一挙両得のために、自分が死ななきゃいけないだろ？　それが一番だって判断したのは俺なわけだから多分、ごめんなって気持ちが強いかな」

「でも、俺が原因で死ぬのに？」

そもそも父親がその道を選ぶのは、義理の息子の「此岸」がきっかけだ。不可抗力でまだ中学生だった此岸が事件に関わってしまったことで、父親は此岸の命が狙われることを危惧《きぐ》する。だから、気づかれる前に死を選ぶのだ。

父親は此岸にすべてを話し、死ぬ手伝いをしてくれと願う。

「どうかなぁ、俺はそれでも春臣のせいとは思えないよ。遅かれ早かれそうなる可能性は高いわけだし……春臣が苦しんで傷ついて、ごめんなさいって思ってるのわかるから、却ってこっちがごめんって思うかな。俺なら」

「でもなんで、笑うの」

「だって、最後に見るなら笑ってる春臣がいいもん、俺」

そう言って、強張っている春臣の頬を匠が指でつんと押す。

「春臣の笑顔大好きだから、頑張って笑っててほしいかなって。演技でいいから。辛い顔で泣きながら殺されたら、俺も辛いなぁ」

きっと本当に自分が同じ立場になっても、匠は恨んだりしないのだろう。ひどいなあ、と春臣は笑った。

「でも、だって、俺も辛いよ？」

「うん。でも、俺のために笑っててほしい。いや、ほんとに『やったぜ嬉しい！』って感じで笑われるのは嫌だよ？　でも俺がなんかのっぴきならない事情で自分で死ぬんじゃなくて殺されなきゃなんなくて、春臣が後追いしたくなるほど辛いのに、頑張って笑ってくれたら、俺のために頑張ってくれたんだなって嬉しいなって、満足して死ねそう」

笑って言う匠に、春臣ははっとする。

「どうせ死ぬなら、最上級の笑顔見せてほしいなあ」

映画の撮影が始まった頃からずっと言われていたけれど、春臣は相手がいるということを忘れて演技しがちだ。

このシーンも、考えてみれば「相手のキャラクターがどう思っているか」を忘れていた。いつも、自分の演じるキャラの心情を追うことで頭が一杯だったからだ。

でも相手が匠なら――此岸の大切な人なら。それなら、きっと相手の気持ちをはかろうとするだろう。

……そうか、俺、自分の……此岸のことばっかりで。

匠の言葉でやっと、相手の役にも命があるのだと知る。作者の立川《たちかわ》が、アニメ版の声優の小《こ》金《がね》井《い》が、そして今度は俳優の春臣が吹き込む命がそこにあるのだ。

――あ。

その瞬間、アニメや漫画、自分の映像ではない「此岸」というキャラクターが脳裏に、ぱんと音を立てて弾《はじ》けるように浮かんだ。

それを皮切りに自分の中に勢いよく流れ込んできたのは、今まで詰め込んでいた漫画原作やアニメ、台本の知識たちで、それがやっと「此岸」の感情となって入ってくる。

愛する父親を手に掛ける苦しさ、その生々しさに、手が震えた。今までの此岸が壊れ、新しい此岸に再生していくその感覚が、春臣自身に重なる。無意識に、シャツの胸元を摑んでいた。

心が震える、というのはもしかしたらこういうことを言うのかもしれない。役を摑む、というのはこういうことなのかと、春臣は知る。

黙り込んだ春臣をよそに、匠が不安げに眉根を寄せる。

「……なんかよく考えたら俺、やばいやつみたいな思考だな。いや、春臣に関してはやばいやつで間違いないんだけど……聞いてる、春臣？」

呆然と固まっていた春臣の目の前で、匠がひらひらと手を振る。思わずその手を握ると、匠が「わっ」と小さく悲鳴を上げた。

「ありがとう匠！　突破口が見えた気がする！」

叫ぶように言った春臣に、匠が目を白黒させた。

「え？　そ、そう？」

これが正しいかどうか、監督が気に入って頷いてくれるかどうかは春臣にもわからない。けれど、今までの演技とは——自分とは確実に、内側から変化したという確信があった。「此岸」という役だけではない、いつか別の役を演じるときに同じ過ちは犯さないと思えるだけのものが。

「さすが俺の恋人！　敏腕マネージャー！」

ありがとう、と抱きついたら、その勢いでそのままソファに押し倒してしまった。ぎゅう、と両腕で力いっぱい抱きしめて、それから体を離してもう一度「ありがとう」と告げる。

匠は驚いた顔をして、そしてなぜだか安堵の表情になり、ほっと息をついた。

最近はいつも不安そうな顔ばかりさせていたので、そんな匠も久しぶりに見る気がする。もしかしたらこのままいけるだろうか、と顔を近づけたら、ぐいっと押し返されてしまった。

「匠ぃ……」

ここは少しいちゃついてもいい場面なんじゃないのと恨みがましく呼ぶと、匠は「仕事抜けてきたから」と冷静に切り返した。これは押しても駄目そうだ。

「気持ちが上向いたならよかった、俺は仕事に戻る。明日は送っていくからね、じゃあね」

するりと腕を抜け出して、匠がばたばたと走っていってしまう。でも、その耳や首が真っ赤になっているのは見逃さなかった。

ソファにごろりと転がって、春臣は目を閉じる。明日は、頑張れそうだ。

「――お、主役が来た～！」

夕方の情報番組で映画の宣伝をしてきたばかりの春臣が一日貸し切られた居酒屋に入ると、そんな声が上がった。

「満員御礼ー！」

「大ヒット御礼ー！」

拍手で迎えられ、申し訳ないやら恥ずかしいやらで、頭を下げながら空いている席へと向かう。

映画は無事クランクアップを迎え、その三ケ月後に完成披露試写会、その十日後には初日舞台挨拶、それから更に十日後の今日は「大ヒット舞台挨拶」の日となった。

話題の映画、かつ登壇者の予定に作者の立川、アニメ版声優の小金井が名を連ねたこともあり、初日舞台挨拶のときは三分ほど持ったチケットは、販売開始一分で即完売だったたという。

舞台挨拶後は、皆揃《そろ》って映画館近くの居酒屋に直行していた。本日は、店を貸し切っての打ち上げである。オールアップ後は暫《しばら》く会えなかった役者なども、可能な限り集まってくるという話だった。確かに、後半はあまり見なくなった顔ぶれも揃っている。立川と小金井の姿もあった。

オールアップのあとも一度打ち上げがあったが、当時は制作陣もまだまだやることが多く撮影終了した感じが薄かったように思う。今日はほとんど全員参加で、緊張の多い現場だったこともあり、皆箍《たが》が外れたように盛り上がっていた。

共演者が休む間もなく声をかけに来てくれて、やっと一段落したんだな、としみじみしてしまった。

そっと席を離れて、春臣は監督の隣りへ行く。所沢はこちらに気づいて、軽く手を上げた。

「監督、お疲れ様でした」

グラスを向けると、彼は手に持っていたウーロンハイをこちんとぶつけてきた。

「西尾くんも、諸々お疲れ様でしたね」

周囲がうるさいほどに盛り上がっている中、所沢は普段とあまりテンションが変わらない。相変わらず、喜怒哀楽がはっきりしない人だ。

「まだ番宣するんだよね」

国内映画興行ランキングも今の所連続で一位を取っている。そのおかげもあってか、様々な番組に呼ばれることが増えていた。本人のキャラクターと演じたキャラクターに差があるというのがバラエティ的には受けるようで、幸いなことに引きも切らずお呼びがかかっている。

「はい、しばらくは。大ヒット御礼になったので、また増えた感じです」

春臣を含む演者は取材やバラエティ番組などへの出演と宣伝、原作掲載誌の取材や撮影など、目の回るような忙しさだった。所属事務所なども営業、宣伝、広告などで大忙しとなり、春臣には初めて一時的なサブマネージャーがついたほどだ。

番宣でバラエティや昼の情報番組に出演した春臣がいつもどおりの低めのテンションで、ゆるっと出演していたこともあり、当初は「全然イメージ違うけど大丈夫か?」「このぼんやりしたイケメンが陽キャなサイコキラーとかできるんです?」という声も見られて、匠をひやりとさせてしまった。

だがいざ映画が公開されると、世間の評価は一気に好転した。「汚い金の匂いがする安定のYDS《ワイディーエス》ゴリ押し主演」などと叩いていた人たちも、想像以上によかったと掌《てのひら》を良い方向に返してくれている。

春臣よりも、ネットやSNSで評判を検索していた匠のほうが「そら見たことか！」と勝ち誇っていたのが可愛《かわい》かった。

アニメ版の主演の小金井が褒めてくれた縁で、ネット番組の共演をしたらこれもまた受けた。春臣が原作が好きでアニメ版も大好き、アニメ版のマネもお手の物、ということで披露したら、こちらはSNSで爆発的に話題となり、トレンドの一位にまで入ってしまったのだ。アニメファンに比較動画まで作られて「激似！　うますぎ！　息遣いまで完璧！」と話題にしてもらえた。

撮影時はあれほど春臣を苦しめた「モノマネ芸」は、宣伝では大活躍となったのである。

走馬灯のように色々と思い出しながら、ふう、と小さく息を吐いた。

「監督、今日はかましてくれましたね」

そう呟《つぶや》くと、所沢が、いつも眠そうな目をほんの少しだけ見開いた。

「なにもしてないよ、僕は」

今日の大ヒット御礼舞台挨拶で、所沢は初めて観客の前に顔を出した。初日などはプロデューサーの小関が出て、彼は姿を見せなかったのだ。

司会進行のアナウンサーに監督から一言お願いいたします、と促され、所沢は相変わらずの眠そうな表情で「はぁ」とマイクを握った。おめかしをして出てきた出演者の中で、いつもどおりの白いワイシャツと今日は紺色のチノパン、という姿は少々浮いて見えた。

マイクをとんとんと指でつつき、「ご紹介に与りました、所沢です」と相変わらず覇気のない様子で自己紹介をしていた。この言い方で「うーん、違うんだよなぁ」と言われるのがどれほど恐ろしかったかと、春臣は一人で身震いをしていた。

――もう既にネットとかでネタバレを見てる方もいると思うんですが、皆さんが気になっているシーンのひとつは例のアレかと思います。

例のアレ、というのは言うまでもなく、映画初出しの情報であり春臣がとんでもなく追い込まれたあのシーンのことである。

――ご覧いただいた方に、自由に感じてほしいです。でも僕は、僕が練ってきたプラン以上のものを、西尾くんが提示してくれたと思っています。

えっ、と思わず声に出しそうになって、慌てて口を閉じた。撮影時は「いいんじゃないかな」程度だった監督の言葉が、にわかに信じられない。

今までのことが報われたような、そしてこの先の仕事にエールをもらったような気分に満たされて、息すら上手くできなかった。

その言葉を受けて、はい、と手を上げたのは原作者の立川だ。

――僕も同じです。西尾くんは、すごく此岸に寄り添ってくれました。もしかしたら、作者である僕以上に。だから、あのシーンに限った話ではなく、素晴らしい映画になっているのだと思いました。

観客からもざわめきの声が上がった。二人がかりで認められて、春臣はそのまま椅子から落ちてしまうかと思ったほどだ。

——まあでもとにかく、顔面の説得力がすごい。顔が綺麗過ぎてなるほどこれが正解か、って納得できるんですよ。

そんなふうに落とした立川に思わず「えっ顔⁉」とオフマイクで反応してしまい、場内が笑いに溢れた。

匠はそのとき非常口の下あたりに他の関係者とともに控えていたが、ハンカチで口元を押さえて大泣きしていた。挨拶が終わって会場を出てからは、思い切り泣いて、他の共演者に笑われたほどだ。

春臣もつられて泣きそうになったけれど、まさか匠が監督に泣かされるとは思わなかったと、ちょっと嫉妬してしまった。

「あんなタイミングで褒めるの、ずるいですよ」

「褒めてないよ。本当のことを言っただけで」

確かに彼はいいも悪いも終始一貫して素直に口にしているだけだった。

「それから、パンフレット、読みましたよ」

「あ、そう」

パンフレットには演者の他に、監督やスタッフなどのコメントも掲載されている。監督がこんなこと言ってるよ、と教えてくれたのも匠だ。

「……褒めるなら、撮影中に褒めてくださいよ」

「あぁ、ごめんね」

所沢はまったく心のこもっていない声で謝罪をした。微かに笑ったまま、顎を掻いている。

先程は「褒めてない」と言った所沢だが、パンフレットでも同様に春臣の演技をすごく褒めてくれていた。自分が想定していた以上のもので返してくれる、だからもっともっとと過分なほどに要求してしまったが、それでも彼は応えてくれた、と。

すごくいい役者なので、また仕事がしたい。そう結ばれていた。

「僕、現場で怒鳴る人が嫌いだし、性格的にも怒鳴ったりとかしないんだけど、なんか却って怖くてやり辛いって言われることがあってね。でももしかしたら今回もそうだったかなって」

悪気はないんだよごめんね、と淡々と言う口調に、春臣は笑う。

確かに、ドラマの撮影現場などでも、怒鳴り散らす監督や演出家、カメラマンは何度も見てきた。所沢とその周辺スタッフは、怒鳴ることはなく、穏やかな人が多い。だが「却って怖い」という意見もわかる気がした。

「役者を追い詰めたり追い込んだりする手法も趣味じゃないんだけどなぁ」

「……今回は俺が勝手に追い込まれただけですもんね」

そう言うと、所沢は珍しく微笑《ほほえ》んだが、否定はしてくれなかった。

「でも僕、言っても意味のない人には言わないから」

伸び代のある人には伸びてほしいよね、と所沢が言う。わかりにくいがまた褒められて、戸惑いつつも感激した。

撮影が終わってプレッシャーから解き放たれたということもあるが、振り返ってみれば勉強になることのほうがずっと多く、他の監督に当たる前に所沢に指導を受けてよかったと今は思うのだ。

西尾春臣の演技を、最初の映画でファンや観客に見せることができたのだから。

「俺、怒鳴られるのは平気なんですけど、でも今回監督から受けたダメ出しを怒鳴られながら言われていたら、身が持たなかったかもしれません」

春臣が言うと、監督は「そう?」と言って珍しく目を細めた。

「特に、あのシーンとかそうかもね」

件《くだん》のシーンは、匠と話をしたあの翌日、一発でＯＫテイクとなった。

これ以上ない、最上級の笑顔を作った。

匠――愛する人の目に映る最後の自分は、やはり綺麗でいたい。彼の望むものも見せたいけれど、春臣自身も歪んだ顔を見せたくなかった。

だけど、嗚咽《おえつ》を止めることもできない。

きっと、彼はわかってくれる。彼の意思を汲んで笑っていることも、彼を失う悲しさに涙が止まらないことも。そんな感情を懐《いだ》きながら美しく笑って見せれば、きっと笑顔で逝ってくれる。

後に映像で確認したら、春臣が漏らした嗚咽は、笑っているようでもあり、泣いているようでもあり、喘いでいるようでもあった。所沢に「これ大丈夫？　事務所的に」と訊かれるほどだった。

注目度も高かったし、賛否両論あるだろうと覚悟していたが、思った以上にあの場面は高く評価された。

イメージと違った、という声も勿論あったが、それよりも受け入れてくれる声のほうが多く、それは原作者の立川が絶賛してくれたというのも一役買ってくれている。

「立川先生、あれみて『なるほどー！』って言ってたよ」

「えっ……!?『なるほど』？」

立川は今日の舞台挨拶でもそうだったが、自身のSNSでも「西尾くんはきちんとキャラクターを理解してくれて、キャラクターや作品へのリスペクトがあり、理想どおり、僕の描いた岸此岸《きし》を作ってくれました」と書いていた。

これによって納得してくれた読者がほとんどで、匠に教えてもらって春臣も「ちゃんと先生の答え通りにできてたんだ」とほっとしていたのに、ここにきてまさかの暴露である。

「なるほど」は想定とは違った、という意味合いを含んでいるようで、どう捉えたらいいか迷ってしまう。

「『なるほど』って……先生とか監督の考えてたのとは違うんですか」

「あ、『すごくいい』って」

「そっちを先に言ってくださいよ！」

焦った、と言う春臣に、所沢は無表情のまま「ごめんごめん」と謝った。且つ、どうとでも取れるし、観客が受け取りたいように受け取れるいいシーンになったってさ」

「あれ、原作版ともアニメ版とも齟齬《そご》がない感じですごくいいって。

立川は幾度か撮影所に見学に来てくれていたのだが、その度に春臣は不甲斐ない姿を晒した。もしかしたら不安にさせていたかもしれないと懸念していたので、その言葉を聞いて胸を撫で下ろす。

「ありがとうございます」

思い返してみれば、あのシーンを撮り終わったあと、所沢の第一声も「なるほど」だった。OKなのかNGなのかカットされたのかもわからない言葉でスタッフも戸惑っていたが、OKテイクとなったので全員がほっとしたのだ。

「あれだけ見るとサイコパスっぽくもあるし。ぶっ壊れたようにも見えるし、理性を保った上でそうしてるようにも見える。面白いなあと思って。いろんな角度で撮って正解だったけど、どう編集するかめちゃくちゃ悩んだ」

会心の出来だ、という彼は相変わらず淡々と喋っているけれど、その声には珍しく楽しそうな響きがある。ずっと「読めない監督だ」と思っていたけれど、慣れればなんとなくわかっていけそうだ。

今回は己の未熟さもあってとてつもなくへこまされることが多かったものの、次また一緒に作品づくりをするときには、もっと上手く遣《や》り取りができそうな予感があった。

所沢もそう思ってくれているといいな、と片想いのような気分を味わいながら、ビールに口をつける。

「――春臣」

そろそろ日付が変わろうという頃、店内に他の現場からやってきた匠が入ってくる。「お、敏腕マネ」「号泣マネ」と揶揄《からか》うような声が飛ぶのに赤面して会釈をしながら、こちらへ寄ってきた。

映画の宣伝で相変わらず春臣がマネージャーを語るもので、匠もすっかりＹＤＳプロダクションの春臣ファン以外にも名前が知られるようになってしまった。

「所沢監督、この度はお世話になりました。勉強させて頂きました」

「いいえー。なに、もしかして西尾くんもう抜けるの？」

「はい、明日も予定が入っておりまして」

聞き耳を立てていた共演者が「えー！　西尾くん主役なのに帰るのー⁉」と不満の声を上げ

る。

ぶーぶーとブーイングが起こる中、匠がすみませんすみませんと頭を下げる。匠にだけさせるわけにはいかないと、春臣も「すみません」と腰を折った。

「気にしなくていいよ。俳優さんの顔が酒でむくんだら一大事だからね」

そんな助け舟を出してくれたのは所沢で、特に本気で怒っているわけでもなかった人たちが「それもそっか～じゃあね～」と手を振ってくれる。

「じゃあ、西尾くん。またね」

何気ないその言葉に改めて、ああ映画の仕事が終わったんだな、という気持ちになる。達成感や幸福感だけでなく、寂寥《せきりょう》感《かん》も覚えるこの感じは、祭りのあとの寂しさに似ていた。

「……はい、所沢監督。ありがとうございました、お疲れ様でした」

うん、と頷いて、所沢は匠のほうに視線を向ける。

「マネージャーさんも、ご協力ありがとね」

所沢の言葉に、匠はちらりと春臣のほうを見てから視線を所沢に戻し、ぎこちなく笑った。

「あ……いいえ。こちらこそ、大変お世話になりました」

そんな匠を怪訝《けげん》に思いながらも、二人並んで居酒屋を出る。店近くのコインパーキングに駐車していた社用車に、先に乗り込んだ。

精算を済ませた匠が戻ってきて、運転席に乗り込む。そして、助手席に座っている春臣に気づいて「あ！」と声を上げた。

「春臣、タレントは後ろだってば！」

「そんな遠い距離じゃないしいいでしょ。安全運転すれば。ほら、早くしないとまたロックかかるよ」

ほらほら、と笑って急《せ》かせば、んもー、と言いながらも匠が車を動かす。いつもよりも安全運転に気を配らねば、という気概が横からひしひしと感じられた。

明日の以降のスケジュールの話をしながら、自宅へ戻る。玄関前で、匠が「入ってもいい？」と問うてきた。

「もう少し、仕事の話がしたいんだけど」

「勿論仕事の話もしたいけど……それだけしかしちゃ駄目？」

問い返すと、匠が意図を察して微かに赤面する。春臣は逃げられる前に匠の手首を掴み、勢いよく引っ張った。よろめくように、匠が家の中に入る。

「今日は、一緒にいようよ」

顔を寄せて耳打ちすると、匠が小さく息を呑んだのがわかる。指先で匠の手首の皮膚を撫でながら「駄目？」と重ねた。

「明日早いなら、諦めるけど」

問いかけに、匠は僅かな逡巡のあとゆるゆると頭を振る。

じゃあ中へどうぞ、と玄関の鍵をしめながら匠を促した。

「匠、なんか飲む？」

「あ、じゃあお茶」

はいはーい、と返事をして、ペットボトルのお茶をグラスに注いだ。ソファに座っている匠の横に腰を下ろし、乾杯、とグラスをぶつける。

「お疲れ様でした」

「お疲れ様でした。……大変だったろ、春臣」

「ううん。俺は結構あっという間。匠のほうが大変だったんじゃない？」

マネージャーの匠は、他のタレントに関する業務もあるしで春臣よりもよほど忙しくしていたのが傍目《はため》にもわかった。

撮影終了後も、連日時間が合わず、触れ合うことすらままならない。一緒に眠ることはあったけど、キスもろくにできていなかった。

早く触れ合いたいのに、急くのもなんだかもったいなくて、春臣は匠の頬にこどものようにちゅっとキスをする。匠が驚いたように目を瞠《みは》り、それから頬を染めた。

春臣は破顔し、グラスを持っていないほうの匠の手を握った。

「無事終わってほっとしたけど、ちゃんとお客さんに、ファンの子に喜んでもらえてよかった」

　互いにグラスをテーブルに置いて向かい合う。

「そうだね。よかった。俺、毎日検索してるもん。でも原作ファンからも悪い意見は殆《ほとん》どないよ」

　片っ端からいい意見を保存し続けているからあとで見せるね、と満面の笑みで言われてしまい、あとでね、と言いながらその目元にキスをした。

　こつんと額同士をぶつけて、手に力を込める。

　そういえば、と春臣は実は気になっていたことを匠に問う。

「さっきの監督のアレ、なんだったの」

「アレって？」

　別れ際に、なにか意味深な会話があったような気がしてならないのだ。春臣の大事な匠になにか思うところがあるのか、ただのマネージャーへの挨拶ではなかったような気がする。「協力」などという言い方を、普通するだろうか。

　問うた春臣に、そうかな、と匠がとぼける。その返しがかえってあやしくて匠をじいっと見つめると、やがて観念したように口を開いた。

「……あの、追い詰められてたときね。春臣が。演技で」

　ぎこちなく言葉を紡ぎながら、匠が視線を明後日《あさって》の方向へ逸《そ》らす。

　情けない姿を見られたくないから、匠があまり傍にいないことに内心ほっとしていたのを思い出した。だが一方で、苦しくてたまらなかった記憶も掘り起こされる。

秋津の件なども重なって、その後匠のフォローがなかったら、きっと春臣の精神はぼろぼろになっていた。

「そのときのことが、なに？」

「監督がね、その……できればあんまり春臣の傍にいないようにって」

「――は？」

何故監督にそこまで言われなければならないのか。思わず低い声を出してしまった。

まさか匠を狙っていたのかと、一度は打ち消した疑惑が浮上する。どす黒い感情が胸の内から湧き上がってきて、春臣は真顔で詰め寄った。

「なんで」

ずい、と距離を詰めたら、匠は引きつった笑いを浮かべて後ずさった。

「――俺が傍にいると春臣が安心しちゃうから、来ないでって」

けれど、返ってきたのは想定していたものではない。

「はあ？」

打ちのめされて困惑した春臣の、彷徨《さまよ》う視線の先には必ずマネージャーの大江匠《たくみ》の姿がある。

だから、監督は「退場させないといけないな」と思ったのだ。

「……もっと殺伐とした雰囲気も欲しいから、来ないでって。あんまり傍にいないで、精神的に追い詰めて……って、その」

「はぁぁ!?」

怒鳴るように叫んだ春臣に、匠が首を竦める。慌てて言い訳を始めた。

「いや、俺も春臣を精神的に追い詰めすぎたら駄目だと思って極力傍にいたよ!?　ちゃんとついていってただろ、現場に！　離れてたのは、大体本当に別の仕事があったからだし！」

「いや、……ああ、まあそうだけど」

大体、ということは、意図的に離れたこともあったのだろう。

「あの人……監督、マジでさ……そんなこと、マネージャーに頼む？　普通……」

つい先程「役者を追い詰めたり追い込んだりする手法も使わないし」などと言っていたが、とんだ大嘘だ。

知ってか知らずか、匠は「頼りになるマネージャー」だけでなく「子供の頃から大好きで恋い焦がれた恋人」という側面も持っているのだ。

――いや、気づいてたのかな。

逃げるように匠を求めていたことに、監督は気づいていたのかもしれない。匠のために、を言い訳にして、そして依存するほど寄り添っている春臣を。きっとそのときの自分は、捨て犬みたいな顔をしていた。

メンタルが崩壊したらどうしてくれるんだと胸中で恨み言を言ったが、そんなことを所沢本人に訴えても「壊れてないじゃない」とあっさり返されそうだ。

あの人は人の心がわからないのか。

「なんか、すげえ食えないあの人……弄ばれた……」

直接言わずパンフレットでしれっと評価してくるのも、どうかと思う。

「ていうか、匠もなんでそんなほいほい言うこと聞いちゃうわけ⁉」

本当に悩んで、もしかしたら格好悪い自分の情けない姿を見せたら嫌われるかもしれないとすら思っていたのに。

春臣の問いかけに、匠は目をぱちくりとさせる。

「そりゃ、春臣の成長に繋がるなら、しないわけにいかないでしょ」

愚問だとばかりに思い切り胸を張って宣言した匠に、春臣はがくりと項垂《うなだ》れる。

世界で一番のファンだと言いながら、成長のためならば心を鬼にして、春臣を追い詰めることも厭《いと》わない。

頬を染めて目を輝かせる恋人はとても可愛いけれど、マネージャーとしてはかなり容赦がないのだ。

「俺も春臣に負けないように、春臣がもっと色んな人に見てもらえるように、自信を持って売っていくから。一緒に頑張ろう！」

そっと肩を撫でて微笑めば、転がせると思っているのだろうか。

しかしその通りまんまと転がされてしまう春臣は、うん、と頷くばかりであった。

それに、一緒に頑張りたいのも嘘ではないし、所沢との仕事で自分が成長できた自覚もある。

「まあでも、この仕事もらえてよかった。所沢さんと仕事できてよかった。……自分が、前と少し変われたのがわかって、よかった」

ありがとう、と礼を言うと、ぐ、と匠が喉を鳴らす音がした。泣くのを堪えるような顔をして、匠が「うん」と頷く。

「俺に仕事をさせてくれて、ありがとう」

「俺も……色々悩むこととかあったけど、でも、春臣を担当して、すごく成長できた」

石塚さんにも完全に春臣を認めさせたしね、と匠が勝ち誇って笑う。一緒に掴んだ仕事がどうにか実を結んだ。そのことをひしひしと感じて、なんだかお互いに泣きそうになってしまう。

額をずらし、匠の唇にちゅっと音を立ててキスをした。ふふ、と匠に笑われてしまう。

「……ごめん、こういうときくらい役者とマネージャーとしてゆっくり語り合うべきなんだろうけど」

恋人の俺が限界。

懇願するようにそう言うと、匠は「俺も」と笑って、両腕を春臣に向かって伸ばした。

「ん……っ」

縺《もつ》れるようにベッドへ移動し、唇を合わせながら、匠のシャツのボタンを外した。その流れで、スラックスのファスナーも下ろす。

匠は疑っていたようだけれど、春臣は本当に、匠を抱くまで他の誰かと床をともにした経験はない。

キスも、初めては子供の頃に匠とだったし、大人になってからもドラマなど芝居でしたことがある程度で、プライベートでは一度もなかった。

嫉妬されるのは嬉しいし、上手だと褒めてもらえているようでやっぱり嬉しい。

シャツをはだけさせ、顕になった乳首を指先で撫でる。んく、と匠が小さく喉を鳴らした。

柔らかなそこを優しく弄《いじ》ると、あっという間に硬くなる。当初は「そんなところ感じない」と言っていた匠だったが、最近はそうでもないのを知っていた。

名残惜しい気持ちもありながらキスを解《ほど》き、指で弄っていないほうの乳首を口に含んでやる。

春臣の体の下で、薄い腹が小さく跳ねた。

舌先で硬く尖《とが》った先端を舐《な》めながら下着越しに性器を撫でると、頭上から「ん」と甘い声が漏れてくる。興奮を抑えながら、下着ごとスラックスを脱がせて匠の性器を直接握り、優しく擦《こす》った。

待ちかねていたように、匠はすぐに春臣の指先を濡《ぬ》らす。

「んっ……、う……」

もどかしげに腰を揺らす様子が可愛らしくていやらしくて、まだなにもされていないのに春臣の体が急激に熱くなる。

――匠に触るの、どれくらいぶりだろ……。

車の中でキスをしたり、一緒のベッドで寝たりすることは頻繁にあったが、いやらしい意味で触れるのは本当に久しぶりかもしれない。

やっと、という気持ちが溢れて、つい強く抱いでしまう。

「はる、おみ」

震える声で呼ばれて、匠の胸に吸い付きながら視線を上げる。匠は真っ赤な顔をして、「俺もする」と言った。

匠からの申し出にびっくりして、つい弄っていた性器の先端を強く擦ってしまう。唐突な強い刺激に、匠が「やっ」と小さく叫んで身を竦めた。

「ご、ごめん。でも、なんで……？」

そんな間の抜けた問いを投げる春臣を、匠が涙目で睨む。春臣を受け入れ、抱きしめてくれるだけで充分嬉しいと思っていたのに。

「……別に、俺だってそういう気分のとき、あるよ」

想定外の申し出が嬉しいながらも、ええ、でも、と狼狽《ろうばい》する春臣を押し返して、匠はベッドを下りてしまった。怒らせた？　と慌てて追いかけようとしたら、匠は床に膝をつく。

「……じっとして」

有無を言わさずベッドに座らせられた春臣のボトムに、匠が顔を寄せる。まだ外気にすら触れてもいないのに、自分のものが大きくなるのがわかった。それは匠にも知れただろう、きょとんと目を丸くする。

——期待しすぎだよねこれ、恥ずかしい……。

赤面している春臣に気づいているのかいないのか、匠は服の上から、もふっと顔を埋めた。仕草は大変可愛らしいけれど匠にしてはとんでもなく大胆な行動に、春臣は声もなく狼狽《うろた》える。

そんな気持ちを知ってか知らずか、匠は春臣のボトムの前を寛《くつろ》げると、勢いよく顔を出した春臣の性器にそっと舌を這《は》わせた。

「っ、あ」

吐息と舌先が触れるだけで、快感が勢いよく背筋を走る。思わず前かがみになってしまった。

春臣の反応に気を良くしたのか、匠は春臣のものを躊躇《ちゅうちょ》なく口に含む。柔らかく、熱く滑《ぬめ》った口腔内《こうこうない》は、匠の中とはまた違った感触で、腰が蕩《とろ》けそうだ。

気持ちいい？　と問うような上目遣いで見られ、反射的に息を詰めた。より大きくなったからか、匠の肩がびくっと揺れる。

「気持ちいい……」

吐息混じりに呟くと、匠の耳と項《うなじ》が朱に染まった。

頰にかかる匠の髪を耳にかけてやりながら、彼の項を指先で擽《くすぐ》る。うっすら涙の滲《にじ》んだ目が細められ、促したわけでもないのに匠が更に深く咥《くわ》えてくれた。

匠の形の良い丸い後頭部を撫で、もう一方の手で乳首を弄る。指先で転がすように擦るだけで、びく、びく、と匠が体を震わせた。

恋人の痴態を見ながらの口淫は堪らなく、もっとしてほしいのにすぐに出してしまいそうになるので困ってしまう。

「匠」

ね、と熱を持った可愛い耳殻を指先で弄びながら呼びかけると、匠が顔を上げる。

「後ろ、自分でできる？」

駄目かなぁ、と内心思いながらお願いすると、一瞬きょとんと目を丸くしたあと、匠は今まで以上に真っ赤になった。

涙目になって怒った顔をしたので、えへへと笑って誤魔化す。

けれど嘘だよと言う前に、匠は春臣の性器に添えていた右手を、おずおずと足の付根のほうへと持っていった。そしてほんの少しの躊躇を見せたあと、後孔へと指を這わせる。

「……っ」

春臣の位置からは見えないが、音や気配からして匠がお願いを聞いてくれたことがわかる。見える角度でお願いすればよかった、と心底後悔する。

乳首をきゅっと摘《つま》むと、んっ、とくぐもった声が上がった。夢中というよりは必死な様子が愛おしくて、本当に自分は甘やかされているなと実感する。

息を乱しながら、春臣はまだ羽織ったままだった匠のスーツを脱がす。

「匠、まだ駄目？」

たまりかねて懇願すると、匠は春臣のものを咥えたまま目を細めた。普段は恥ずかしがりなのに、こんな匠が拝めるだなんて思ってもみなかったので困る。困らないけど、困る。

顔を離し、匠は濡れた唇を拭って「いいよ」と頷いた。気が変わる前に、春臣は匠を抱っこしてベッドへ上げる。

優しくシーツの上に下ろし、けれどすぐに伸し掛かると、匠が小さく笑った。春臣もつられて笑う。

「なに？」

ううん、と頭を振って、匠は両腕で包み込むように春臣を抱きしめてくれた。

なんだか泣きたくなって、けれど抱きたい欲求も抑えられなくて、ベッドサイドに置いていたクリームを手に取りながら彼の耳元に「入れていい？」と囁《ささや》く。ふるりと感じ入るように身を震わせて、匠が頷いた。

掌で温める余裕もなく、冷たいままのクリームを匠の後ろに塗りたくる。既に匠自身の手で綻んでいたそこは、春臣の指をすぐに呑み込んだ。

「っ、いいから、早く——、あっ！」

焦《じ》れるような声に導かれて、匠の中に自分のものを突き入れる。奥まで一気に入れそうになったが、必死に我慢して浅い部分でどうにか留まった。

けれど弱い部分をピンポイントに抉ってしまったようで、腕の中で匠が果てる。不意打ちのように達してしまった匠は、涙目で震えていた。恋人の媚態に無意識に喉が鳴る。

「ごめんね匠、ゆっくり入れるから」

優しく言ったつもりだったが、自分でもわかるくらい興奮した声音になってしまった。小さく息を呑み、逃げた匠の腰を引き寄せる。

「待っ、」

「……入れちゃ駄目？」

無理強いはしないと嘯《うそぶ》いて、浅い部分を突き上げるように擦る。くち、くち、と濡れた音を立てて突く度に、抱えた細い腰が跳ねた。

可愛らしい色をした匠の性器からは、間欠的に体液が溢れ出ている。

「そこ、……っや、だめ……っ」

「駄目？　奥、いや？」

揶揄ように言うと、匠は違うと泣きながら頭を振る。匠の手が春臣のシャツを力いっぱい握り、引っ張った。

「いいからっ、いいから早く……——あっ」

お許しが出たとばかりに一気に奥まで嵌める。勢いがよすぎて、匠の痩躯《そうく》ががくんと揺れた。

「あ……っ、あっ、——！」

両腕に震える匠を閉じ込め、揺すりあげる。蕩けるような快楽に、頭の芯が痺《しび》れた。

腰に匠の足が絡んで来るのにますます興奮して、優しく包んでくれる匠の中を堪能する。

「待って、待っ、ぁう、う……っ」

腕の中でもがきながら、匠がまた達した。ぎゅうぎゅうに締め付ける中を絶え間なく抉ると、か細い悲鳴が上がる。待って、駄目、と言いながらも、匠の中は春臣のものを啜《すす》るように収《しゅう》斂《れん》した。

唇を噛み、激しく揺すると、終わりが近いのを悟った匠が「駄目」と春臣の胸を押し返す。

「っ、中、駄目？」

「だめ、変になるから、っ」

今出されたらおかしくなるから、と切れ切れに訴えかけられ、それは逆効果だよと思いながら唇を塞いだ。逃がさないとばかりに両腕で抱きしめる。

くぐもった悲鳴を上げる匠の頭を撫でながら、何度も深く突き上げ、中の深い場所で達した。

「っあ……」

持っていかれるような抱きしめられるような快感に、背筋が震える。ずっと溜《た》め込んでいた色々なものとともに、匠の中に全部注ぎ込んだ。

互いに息を切らし、身動きもとらないままでいると、ふと腕の中にある匠の体から力が抜けた。意識が飛んだわけではないのだろうが、涙で濡れた瞳がぼんやりと宙空を見つめている。

可愛い、とその顔を眺めていて、ようやくまだ匠の服を脱がせきっていないことに気がついた。汗で湿ったシャツを脱がしてあげると、それだけでも刺激になるようで、「あ」と声をあげて震えるのが可愛い。

靴下も脱がせていると、「なあ」と声をかけられた。

「なに？」

「……抜くのが先じゃない？」

「順番で言えば脱がせるほうが先じゃないかな」

もうどちらも今更なような気もするが、律儀に答える。匠も今更だなと思ったのか、笑った。

離し難いので、嵌めたまま匠に抱きつく。匠は居心地悪そうに身動《みじろ》ぎしたけれど、離れろとは言わなかった。

春臣の頭を胸に抱きながら、匠が優しく撫でてくれる。

「……なに？　匠」

うん、と匠が頷く。

「一緒に頑張れてよかった。好きだよ、春臣」

ぎゅっと抱きしめられて、固まる。

自分でもびっくりしたが、涙が溢れた。返事をしたら泣いているのがばれてしまいそうで、黙ってこくりと頷く。匠の胸がほっとしたように上下した。

——抱いたのは俺なのに。

先程まで征服欲に満たされていたのは自分のほうなのに、こうして現状を振り返れば、抱きしめているのは匠のほうだ。

「……あのね」

「うん」

「次の仕事の話なんだけど」

突然仕事の話に戻ってしまった匠に、思わず笑いそうになる。照れ隠しもあるかもしれないが、一度抱き合って頭が冷えて、こなすべきタスクを思い出したのかもしれない。

——しっかりもののマネージャーだなー。

お仕事の話ならちゃんとしないとな、と名残惜しい気持ちがありながらも、まだ匠の中に入ったままだったものを抜く。まだちょっと硬かったせいか、匠が「あっ」と可愛い声を上げた。

——やめてよ襲いたくなるから。

冷静になれーと頭の中で唱えながら、春臣は匠の腰元にブランケットをかけてやり、ソファのほうへと足を向ける。ソファに置きっぱなしだった鞄《かばん》の中には、二つの新作ドラマの第一話の台本を入れていた。

映画のクランクアップを目前に控えた頃に、匠からドラマ出演の打診が来ている、という話をされていたのだ。映画の仕事が落ち着いた頃に返事を聞くからね、と言われていた。

「で、どっちを選びたいか、春臣は決めた？」

「うん」

ひとつは金曜夜、ゴールデンタイムに放映予定の恋愛ドラマ。その準主役であり当て馬のポジションにある役どころでのオファーだ。以前出演したドラマと役割は似ていて、色っぽい言動でヒロインを誘惑する立ち位置である。こちらは人気の少女漫画が原作で、ある程度の視聴率が最初から約束されている。主演が同じ事務所の先輩なので、視聴率は初回で十パーセント以上は堅いと言われていた。

もうひとつは日曜夜の枠で、男性キャストがメインの刑事ドラマだ。とはいっても概《おおむ》ねドタバタコメディであり、シリアスからは程遠い。こちらは大型犬のような天真爛漫《らんまん》な役どころで、むしろ春臣の役はヒロインのようなポジションにある。第一話では犯人に攫《さら》われたり、第二話では犯人に騙《だま》されたりと散々な役どころだ。脚本家が元お笑い芸人という経歴の持ち主で、手懸ける作品は視聴率はあまり伸びないが作品自体は高評価でＤＶＤなどがとてもよく売れる、というタイプである。

「俺、こっちがいい」

鞄から取り出したのは、後者のドラマのほうだ。

それを手に、ベッドへ戻って腰をかける。匠も起き上がって横に座った。

「なんでか訊いていい？」

「うん、あんまり今までやったことない役だし、話が面白そうっていうのもあるけど、今回の映画との対比になるかなって」

前者のドラマは、非常に大きな括《くく》りでいうと同じ「クール」キャラというカテゴリに入る。後者は、それとは真逆の「明るいわんこキャラ」だ。

そうだね、と匠が頷く。

「どっちも大きな仕事だし、春臣が好きなほうって思ってたけど、俺自身も刑事もののほうがいいかなって思った。前者のほうが絶対視聴率は取れそうだけど、こっちはいつもよく演じる感じだし、イメージがこの系統で固定されちゃいそうでね」

「あ、なるほど。それもそうだね」

そこまで考えていたわけではなかったので、匠の言葉に頷く。匠は不意にほくそ笑んだ。

「それに、今回の此岸で俺は確信した。正反対のキャラをやったほうが、みんな『春臣の演技力すごい！』ってなること間違いなし！　そして、それぞれのギャップに萌《も》えるがいいさ！」

「……匠って、マジで親バカっていうかマネージャーバカだよね……」

　自信満々に言われると、こちらのほうが恥ずかしくなってしまう。匠は「俺が世界で一番の春臣のファンだからね」とけろりと言って追い打ちをかけた。

「今だから言うけどね、……本当は、他にも一杯仕事は来てたんだ。秋津に回ったレギュラー番組もそうなんだけど」

　ドラマに沢山出始めてからオファーは格段に増え、社内での扱いも変わった。売れる、売れている、という確信はある。

　だからこそ潰れるほどの仕事は入れたくない。目先の仕事につられない。

　匠が一番に考えてくれていたのは、「今後、春臣のためになる仕事かどうか」の一点のみだったという。

「今よりも来年、来年よりも再来年、その次、もっと先、十年後、春臣がたくさんいい仕事ができるようにって選んでるつもりだよ。……でも、それを俺が選別していいのか、っていう不安はあった。石塚さんとか社長にも考えろって言われて、春臣のことが一番好きっていう自信はあるけど、やっぱり不安で」

「いいよ。匠の判断、信用してるから」

　間髪を容《い》れずに肯定すると、無意識に強張っていたであろう匠の肩からすっと力が抜けた。

「ありがと、春臣」

安堵するように、匠の口元が綻ぶ。それを眺めながら、匠と一緒に仕事ができて本当に嬉しいな、と実感した。

恋人だから、ということだけではない。商品としての春臣を、真摯に大事にしてくれているのが伝わる。

「あ、でももし春臣がやりたくないことなら無理強いはしないし、やりたいことがあったらさせたい。そのときは、必ず相談して」

理由は異なるものの、先程のドラマも同じものを選んだ。匠は、きっと春臣にとってためになるものを選んでくれると信用している。

匠が手をきゅっと握ってくれるので、春臣も握り返した。

「……まだ、やめたいって思う？」

不安げに、否定が返ってくることを確かめるように匠が問う。

「たとえ匠にやめてって頼まれても、もうやめる気はないよ」

今回の仕事で、演技がもっと好きになった。匠のためばかりだったモチベーションが、ファンのため、自分のため、と対象が増えた。それはひとつのものが分散したわけではなくて、二倍、三倍にもなったということだ。

「役者としての人生がリスタートしたんだから、やめてなんていられない」

春臣の返答に、匠が頬を緩める。

マネージャーである匠が、どんなことがあってもゆるぎなく支えてくれるという確信も得られたことも大きい。

「弱音ももう、吐かないから」

そう告げると、匠は頭を振った。

「弱音くらい、吐いていいよ。……ちゃんと受け止めるから。一人で悩まないで、俺に春臣のこと支えさせてよ。俺、春臣の恋人で、幼馴染《おさなじ》みで親友で、マネージャーなんだから」

ぎゅっと手を握られて、頷く。幸せで、少し泣きそうになった。

——あのとき、やめてもいいなんて言ったけど、やめなくて本当によかった。

完璧じゃなくてもいい、けれど、満足のいく演技のできる役者になりたい。きっと匠となら頑張れる。確信めいたものが胸の裡《うち》から湧いてきた。

「……匠もだよ」

「え?」

「もし、悩むことがあったら俺にも相談してね」

その提案に、匠は嬉しそうに笑って「うん」と頷いた。一人で抱え込む癖のある恋人に、大丈夫かなあと心配になる。

「——よし、じゃあちょっと俺仕事するわ!」

「ええ!?」

　これからピロートークじゃないのか、二回戦じゃないのかと、期待していた春臣は、思わず声を上げてしまった。

「善は急げ。返事はなるはや。これからドラマについて返事をして、各所と打ち合わせの予約です！」

　ガンガンいくよー、とやる気を見せるマネージャーに、タレントとしてよろしくお願いいたしますと頭《こうべ》を垂れる以外にすることはない。

　頑張ろうね、と匠がきらきら目を輝かせながら振り返ったので、春臣も「おー」と拳を掲げた。

あとがき

はじめましてこんにちは。栗城偲《くりきしのぶ》と申します。この度は拙作『幼なじみマネジメント』をお手にとって頂きましてありがとうございました。

匠は割といつも書いているタイプの受けな気がするのですが、春臣みたいなストレートに甘える攻めは結構久しぶりに書いた気がします。

そして内容の方はというと、私にしては珍しく芸能物……というか、もしかしたら「ちゃんと芸能人をしている」キャラを書くのはこれが初めてかもしれません。

実は年号が令和になってからうちにはテレビがないのですが、そんな奴が芸能物とか書いていいのか……とちょっと思わないでもないです。といってもテレビそのものがないだけで「テレビ番組」を見ていないというわけではなく、公式配信やネット番組だけで結構事足りてしまったり。昨今某アイドル事務所が公式に配信などをしたりしていて、時代は変わるものだなぁと思っております。このご時世というのもあるのでしょうが。

それはさておき、アイドルに馴染《なじ》みのある方もそうでない方も、楽しんで頂ければ嬉《うれ》しいです。

因《ちな》みに、春臣の所属する事務所名の「ＹＤＳ」は「友情・努力・勝利」の頭文字です（ひたすらどうでもいい裏設定）。

イラストは雑誌掲載時と同じく、暮田《くれた》マキネ先生に描いて頂けました。

春臣がとても凛々《りり》しく、でも可愛らしく（さすがアイドル）、俳優業にシフトしたところから始まる話ではありますが、アイドル衣装を着せてみたかった、と思いました。匠はくりっとした瞳且《か》つ撫《な》で回したくなるくりっとした頭で、すごく可愛いカップルにして頂けました。匠の頭はなでなでしたくなる可愛らしさ。

ご多忙のさなか、とても大変なスケジュールでお渡しすることになってしまって本当に申し訳ありませんでした……。可愛いのに色っぽい二人を作って頂いて、本当にありがとうございました。

そして担当さんには今回も色々とご心労をおかけいたしました。呑《の》み込みが悪い作家で本当に申し訳ありません……お導きくださってありがとうございました。

改めまして、この本をお手に取って頂いて本当に有り難うございました。感想など頂けましたら嬉しいです。

まだまだ落ち着かない日々が続いておりますが、この本がほんの少しでもおうち時間をすごす一助となりますように。

ではまた、どこかでお目にかかれたら嬉しいです。

栗城　偲

この本を読んでのご意見、ご感想を編集部までお寄せください。

《あて先》〒141-8202 東京都品川区上大崎3-1-1 徳間書店 キャラ編集部気付
「幼なじみマネジメント」係

【読者アンケートフォーム】
QRコードより作品の感想・アンケートをお送り頂けます。
Chara公式サイト http://www.chara-info.net/

■初出一覧

幼なじみマネジメント……小説Chara vol.42
（2020年7月号増刊）

幼なじみインクルージョン……書き下ろし

Chara

幼なじみマネジメント

……【キャラ文庫】

2021年6月30日 初刷

著者 栗城 偲

発行者 松下俊也

発行所 株式会社徳間書店

〒141-8202 東京都品川区上大崎3-1-1

電話 049-293-5521（販売部）

03-5403-4348（編集部）

振替 00140-0-44392

印刷・製本 図書印刷株式会社

カバー・口絵 近代美術株式会社

デザイン おおの蛍（ムシカゴグラフィクス）

ISBN978-4-19-901034-7

栗城 偲の本

好評発売中

【玉の輿に乗ったその後の話

玉の輿ご用意しました番外編

イラスト✦高緒 拾】

工場を辞めて研究者の道に進み、印南《いなみ》さんをサポートしたい!! 進路も定まり、大学受験の準備を進める青依《あおい》。そんな休職を控えた夏休み、印南と念願のフィリピン旅行に行くことに…!? 新婚旅行のような蜜月の日々をはじめ、青依の後輩として配属された新入社員の劣等感と成長を描く「とある新入社員の陳述」、印南の刹那的な恋愛遍歴を切なく見守る酒匂《さこう》の憂いと葛藤など、全5編を収録♡

栗城　偲の本

好評発売中

［玉の輿新調しました　玉の輿ご用意しました3］

イラスト✦高緒　拾

上から目線で命令口調、顔も性格も恋人と瓜二つな高校生――進路に悩む印南《いなみ》の甥・誉《ほまれ》が、家出して転がり込んできた⁉　彼の教育係として、職場で面倒を見るハメになった青依《あおい》。生意気な初めての後輩が放っておけず、恋人とキスする暇もない。そんな時、海外支社の研究員・ベルが来日！　青依の才能に惚れ込み「研究者にならない？」と誘ってきた‼　人生の新しい選択肢に、青依の心は激しく揺れて⁉

栗城 偲の本

栗城 偲
イラスト◆高緒拾
玉の輿
Tamanokoshi
謹んで返上します
前科がないのが自慢の俺に
社長秘書の座が降ってきた!?
キャラ文庫

好評発売中

［玉の輿謹んで返上します 玉の輿ご用意しました2］

イラスト✦高緒 拾

社長秘書になる条件は、年齢・性別・学歴不問!?　勤務先の工場で青依《あおい》が目にしたのは、社内公募の貼り紙。秘書になれば、社長で恋人の印南《いなみ》さんの役に立てるかも…？　ダメ元で応募したところ、なんと最終選考まで残ってしまった!!「恋人だからって贔屓はしない」──立場上は厳しい口調で一線を引くけれど、印南は心配を隠せない。そして迎えた研修初日、青依は精鋭のエリート達と対面し!?

栗城 偲の本

栗城 偲
イラスト◆高緒拾
玉の輿
ご用意しました
住所不定無職で迷惑ばっかの俺を、
どうしてタダで面倒みてくれんの？
キャラ文庫

好評発売中

［玉の輿ご用意しました］

イラスト✦高緒 拾

高級車に狙いをつけ、当たり屋を決行‼　ところが、それを見破られてしまった⁉ 初めての大失態に、内心焦る青依《あおい》。けれど車から降りてきた男・印南《いなみ》は、青依の痛がるそぶりに顔色一つ変えない。それどころか、平然と「通報されたくなければ言うことを聞け」と命令してきた‼　厄介なことになった、と思いつつ拒否権のない青依に、印南はなぜか「9ヶ月間、俺の恋人のフリをしろ」と言い出して⁉

キャラ文庫最新刊

幼なじみマネジメント

栗城 偲

イラスト✦暮田マキネ

大手アイドル事務所のマネージャー・匠《たくみ》。担当する春臣《はるおみ》は、実は幼なじみだ。役者志望だった彼を売り込むため、日々奮闘するが…!?

呪われた黒獅子王の小さな花嫁

月東 湊

イラスト✦円陣闇丸

黒獅子の頭を持ち、呪われた王子として孤独に育ったダルガート。ある日、王の嫌がらせで小人族の青年・リラを妃に迎えることに!?

式神見習いの小鬼

夜光 花

イラスト✦笠井あゆみ

人と鬼の半妖ながら、陰陽師・安倍那都巳《あべなつみ》に弟子入りすることになった草太《そうた》。精神年齢は幼いけれど、用心棒として修業が始まって!?

銀の鎮魂歌《レクイエム》

吉原理恵子

イラスト✦yoco

若き帝王となったルシアン。乳兄弟のキラを小姓に指名し、片時も傍から離さない。その寵愛を危惧する空気が、王宮内で漂い始め!?